Renegat. Gwiazda.

J.N. Chaney

Renegat. Gwiazda.

Tłumaczenie Monika Wiśniewska

Podium

Renegat. Gwiazda. Tom 1

Tłumaczenie Monika Wiśniewska

Tytuł oryginału *Renegade Star*

Język oryginału angielski

Copyright © 2017, 2022 J.N. Chaney i SAGA Egmont

Wszystkie prawa zastrzeżone

ISBN: 978-1-0394-5985-4

Wydanie I

www.podiumentertainment.com

Dla kryjącego się w każdym z nas renegata,
Który szepcze maleńkie prawdy
I błaga nas o to, abyśmy byli wolni.

1

– Zabiję cię, skurwysynu! – wrzasnął William Emmerson, nakazawszy swojej ochronie oddać strzały w moją stronę.

– Powodzenia! – odparowałem. Otarłem się o porośnięty mchem pień drzewa, przez co mało się nie wywróciłem.

Przedarłem się przez otaczający posiadłość Emmersona las, zabierając ze sobą skradziony przedmiot wart dwieście tysięcy galaktycznych kredytów – metalową kulę wielkości mojej pięści.

Handlowiec o nazwisku Fitz, jeden z konkurentów Emmersona, wynajął mnie, abym za rozsądną cenę dostarczył mu ten szmelc. Miałem gdzieś ich zatargi, po prostu kasa była niezła, no i potrzebowałem roboty.

– Zatrzymajcie go! – zawył Emmerson. – Niech ktoś go zatrzyma!

Psy ujadały daleko za mną, kiedy zbliżyłem się do polany. Jeśli Emmerson sądził, że parę kundli i grupka wynajętych zbirów wystarczy, aby mnie spowolnić, czekało go srogie rozczarowanie.

– Przepraszam pana – rozległ się w moim uchu spokojny

i znajomy głos. To Sigmond, sztuczna inteligencja z mojego statku. – Widzę, że jest pan ścigany. Mam aktywować pelerynę i przygotować się do odlotu?

Obok mojej głowy przeleciał kolejny podmuch energii, obsypując mnie drzazgami kory i utlenionymi sokami. Zaciskając dłoń na rękojeści pistoletu, odwróciłem się i wypatrzyłem odpowiedzialnego za ten strzał strażnika pomiędzy gałęziami i gęstymi zaroślami. Odczekałem na możliwość oddania czystego strzału, po czym pociągnąłem za spust.

Kula przedarła się przez listowie i ugodziła mężczyznę w nogę. Upadł na ziemię, a ja wtedy ponownie się odwróciłem i puściłem biegiem.

– Byłoby super, Siggy!

– Zgodnie z pana życzeniem – odparł.

Przedarłem się przez linię drzew i wparowałem na rozległą zieloną polanę.

– Tylko się pospiesz, chłopie, chyba że chcesz się stać bezdomny.

– Niech bóg broni, proszę pana.

Zbuntowana Gwiazda zafalowała, stopniowo się pojawiając na samym środku polany. Z lasu wyłonili się kolejni ochroniarze. Wycelowali we mnie, po czym oddali strzały.

Rzuciłem się przed siebie, niszcząc trawę podeszwą ciężkiego buta. Za mną rozległo się echo wielu wystrzałów. Nie pora teraz zwalniać.

– Szybko! – krzyknął Emmerson, dołączając do wynajętych strażników. A potem z jego ust wydostała się wiązanka pełnych wściekłości, niewyraźnych obelg.

Których adresatem byłem naturalnie ja.

Odwróciłem się i biegnąc, wycelowałem, następnie oddałem

strzał na tyle celny, na ile można się spodziewać, zważywszy na sytuację. W sumie strzał okazał się przyzwoity – może nawet dobry – z bólem serca musiałem jednak przyznać, że nie da się trafić w cel tak odległy w czasie, kiedy się biegnie w przeciwną stronę. Dlatego celem niemal każdego strzału okazywała się ziemia albo w najlepszym przypadku liście drzew.

Chwilę później na polanę wbiegły cztery psy i kłapiąc zębami, ruszyły w moją stronę. Nie minęło kilka krótkich sekund, a znalazły się blisko środka polany.

– Zabierz nas stąd – rzuciłem, kiedy w końcu dobiegłem do opuszczonego trapu w tylnej części statku. – Otwórz drzwi!

Psy były coraz bliżej. W ich dyszących oddechach słychać było niecierpliwe wyczekiwanie dorwania zdobyczy.

Zaczęły się unosić drzwi do ładowni. Dałem pod nimi nura i przeturlałem się po podłodze, celując z pistoletu w coraz mniejszą śluzę powietrzną.

Psy próbowały wskoczyć za mną, lecz na próżno. Skakały i warczały, obnażając kły, gdy tymczasem na wpół zamknięta rampa nieprzerwanie się unosiła.

Oddawano strzały, celując w kadłub. Słyszałem, jak Emmerson krzyczy coś wściekle, nie dało się go jednak zrozumieć.

Zbuntowana Gwiazda uruchomiła silnik przy gromkim wtórze strzałów, które sprawiały, że metalowa podłoga cała się trzęsła.

Zamigał wiszący na ścianie ekran, a po chwili ukazał się na nim obraz prezentujący to, co się dzieje na zewnątrz statku – około dwudziestu uzbrojonych strażników i ich dowódca ostrzeliwali Gwiazdę.

W kadłub trafiły kolejne pociski, ale wiedziałem, że nic nam nie grozi. Ten statek zaprojektowano tak, aby oparł się wystrzałom z poczwórnych dział, taka mała siła ognia zaś jedyne, co może zrobić, to zedrzeć trochę farby.

Kiedy śluza się zamknęła i światło naturalne zastąpione zostało sztucznym, Gwiazda przyspieszyła. Przez krótką chwilę odczuwałem przeciążenie, potem jednak zadziałały stateczniki i wszystko szło już gładko.

Mniej więcej wtedy osiągnęliśmy poziom stratosfery. Z punktu widzenia Emmersona już nas nie było.

Wbiegłszy po schodach, dotarłem do kokpitu, gdzie zająłem swoje miejsce i zapiąłem pasy. Stojąca na desce rozdzielczej stara figurka Foxy Stardust podskakiwała jeszcze po wcześniejszych turbulencjach. Miała biały kask z neonowo niebieską przyłbicą i różowy kombinezon.

– Chowam pelerynę – poinformował Sigmond w chwili, kiedy znaleźliśmy się w stratosferze.

Ależ Emmerson musiał się teraz pieklić z powodu tego, co zrobiłem.

Wkrótce nie będzie to miało znaczenia. Kiedy już dostarczę tę ozdóbkę Fitzowi, cała wina przejdzie na niego. I gdyby miało dojść do jakichś aktów zemsty, ich adresatem będzie Fitz, nie ja. Tak to zazwyczaj wyglądało w mojej branży. To my odwalaliśmy robotę, ale winą obarczano klienta.

Nazywam się Jace Hughes i jestem renegatem, którego wynajmuje się po to, aby ukradł, przeszmuglował albo zrabował coś, czego potrzebujesz. Słynę z tego, że za godziwe wynagrodzenie gotowy jestem przyjąć każde szemrane zlecenie.

I zamierzam to robić, dopóki żyję.

Sam dokonałem takiego wyboru i niczego nie żałowałem.

– Co to, u licha, jest? – zapytałem, wpatrując się w migające na desce czerwone światełko.

– Kontrolka ostrzegawcza, proszę pana – wyjaśnił grzecznie Sigmond.

– A od kiedy mamy coś takiego jak kontrolka ostrzegawcza? I co mam zrobić, żeby przestała się palić?

Gdy tylko wypowiedziałem te słowa, kontrolka zgasła.

– Proszę przyjąć przeprosiny. Wygląda na to, że zawinił nasz nagły start. Czujniki zwariowały.

– Och. – Ponownie spojrzałem na widniejący na pulpicie holograficzny obraz przedstawiający aktualne pole bitwy. Ponad czterysta statków w dwóch flotach walczyło ze sobą, wzajemnie się ostrzeliwując. Sam nie wiedziałem dlaczego. Nie z tego powodu się tu znalazłem.

Przelatywaliśmy właśnie nad Galdionem, samotną planetą na skraju galaktyki. Przybyłem tutaj w konkretnym celu i ten cel – kula – leżał właśnie obok mojej prawej nogi. Gdybym wiedział, że powrót będzie się odbywał przez strefę działań wojennych, możliwe, że zjawiłbym się nieco później.

– Wykryli nas? – zapytałem, mając na myśli pobliskie statki.

– Na razie nie – odparł Sigmond. – Wygląda na to, że nie są nas w stanie wykryć, kiedy otacza nas peleryna.

– Kiedy możemy skoczyć? – zapytałem, przywołując mapę gwiazd.

– Mniej więcej za czterdzieści pięć sekund. Później, jeśli zginiemy.

– Zabawny jak zawsze, Siggy. – Wstukałem koordynaty Stacji Taurus, naszego kolejnego celu podróży.

– Dziękuję panu – rzekła AI. – Moim celem jest zaspokajanie pańskich potrzeb.

Statkiem nagle szarpnęło i chwyciłem się fotela.

– Kurwa! – warknąłem.

– Tarcze nas chronią – powiedział Sigmond niewzruszonym tonem. Standardowo sztucznych inteligencji nie wyposaża się w osobowość, ale ja o to wyraźnie poprosiłem. Skoro miałem spędzać na tym statku całe tygodnie, nie chciałem mieć za towarzystwo inteligencji mówiącej w sposób monotonny i usypiający.

– Żadna ze stron jeszcze nas na szczęście nie wykryła, no i peleryna spełnia swoje zadanie. Oba wrogie strzały wycelowane były w inne statki.

W pewnej odległości od planety czekały krążowniki Master Class. Mimo peleryny wymknięcie się stąd nie będzie wcale takie proste. „Te mniejsze myśliwce nas nie namierzą", pomyślałem. „Ale krążowniki? Niewykluczone".

– Niedługo będziemy się musieli pokazać, tuż przed wejściem w Slipspace. Myślisz, że zdążymy?

– Tak mi się wydaje, proszę pana – odparł Sigmond. – Gdyby nas jednak dostrzeżono, możliwe, że będę zmuszony odpowiedzieć ogniem.

– Postarajmy się uniknąć strzelaniny, Siggy. Kolejny nakaz to ostatnie, czego mi trzeba.

– Być może następnym razem nie zabierze nas pan w tak niebezpieczną lokalizację.

– Jeśli będę chciał jeść, to zabiorę – rzuciłem. – A może wolałbyś, aby nam nie płacono?

– Z pewnością istnieją łatwiejsze sposoby zarobkowania – stwierdził Sigmond.

– Łatwiejsze nie zawsze oznacza lepsze, Siggy. – Wyszczerzyłem się. – Sto razy bardziej wolę być renegatem niż siedzieć za biurkiem, wielkie dzięki.

Zakołysał nami kolejny podmuch, a atak tym razem nastąpił od tyłu. Agresor minął nas górą. To był arnezyjski niszczyciel.

– Jesteśmy już gotowi? – zapytałem.

– Wejście nastąpi za dwanaście sekund – odparła AI.

Obserwowałem, jak dwie floty się napieprzają, a statki eksplodują niczym fajerwerki, pozostawiając po sobie dryfujące szczątki. Nie minie kilka godzin, a te śmieci zapełnią całą orbitę pobliskiej planety. Pewnie z kilkadziesiąt ekip ratowniczych czeka już w pogotowiu, skorych do odsprzedaży tych części na wolnym rynku, być może nawet organizacjom zaangażowanym w tę bitwę. Statki zostaną odbudowane, piloci wyszkoleni i tak w koło Macieju. Nim dołączyłem do renegatów, też tak czekałem na swój złom.

Już nie. Teraz moja profesja oznaczała większą aktywność. Jasne, była niebezpieczna i najpewniej nie dożyję pięćdziesiątki, ale zdecydowanie wolę, aby zabiła mnie kulka niż nuda.

– Chowanie peleryny i inicjowanie ślizgu – oznajmił Sigmond.

Zacisnąłem dłonie na padzie do manualnej kontroli poczwórnych dział.

Na ekranie widać było, jak peleryna znika, pozostawiając nas podatnych na wykrycie.

– Przygotowanie do ślizgu – poinformował Sigmond. – Sześć sekund do aktywacji.

Kiwnąłem głową.

– Powinniśmy zdążyć z…

Nim dokończyłem zdanie, dwa arnezyjskie niszczyciele odłączyły się od szyku i odwróciły w naszą stronę.

– Jesteśmy skanowani – orzekł Sigmond. – Szykują broń.

Westchnąłem.

– Nie można powiedzieć, że nie próbowałem.

Nakierowałem cyfrową siatkę na pierwszy statek i kiedy tylko nastąpiła blokada, nacisnąłem spust. Poczwórne działa wyrzuciły z siebie serię błyskawicznych pocisków wycelowanych w statek wroga. Te wybiły sześciometrową dziurę w kokpicie, unicestwiając pilota, przez co statek zaczął dryfować niczym martwa ryba w spokojnych wodach jeziora.

Bez choćby sekundy zwłoki skupiłem się na drugim statku i wystrzeliłem kolejną serię. Ku mojemu zaskoczeniu jeden z pocisków przebił się przez środek kadłuba, rozrywając go na kawałki. Silnik napędowy zareagował w jedyny znany sobie sposób – eksplodując.

Statek rozpadł się na niezliczoną liczbę niemożliwych do odratowania cząstek pyłu i pofrunął w stronę planety.

Nie przerwałem ostrzału, wyrzucając kolejne pociski w kosmiczny mrok. Kilka pofrunęło w stronę powierzchni planety, ścigane szczątkami zniszczonych statków, z których większość przed wylądowaniem się rozpadnie. Moje pociski będą jednak śmigać tak długo, aż w coś trafią. Zastanawiałem się nawet, czy któryś z nich trafi w plantację Emmersona, nie zostanę tu jednak na tyle długo, aby się tego dowiedzieć.

Miałem sprawy do załatwienia.

– Inicjacja ślizgu – powiedział Sigmond i nagle całe pole walki zniknęło.

Obserwowałem, jak wlatujemy w tunel, ukryty wymiar, służący także za trasę szybkiego ruchu. Większość tej tak zwanej Slipspace pozostawała niezbadana, w pewnym momencie jednak wykombinowaliśmy, w jaki sposób ją wykorzystywać, aby się przemieszczać na duże odległości. Podróże nią w żadnym razie nie trwały sekundę, niemniej trwały zdecydowanie krócej niż w tradycyjnej przestrzeni. Zamiast całych wieków poświęcanych na podróż z jednego układu gwiezdnego do drugiego wystarczyło odczekać kilka godzin, ewentualnie dni albo tygodni, zależnie od tego, jak duża odległość dzieliła dane układy.

Nasza podróż będzie trwała sześć standardowych godzin, plus minus kilka minut. Miałem dzięki temu czas, aby się zdrzemnąć, wysikać, może nawet coś przegryźć.

– Siggy, powiadom mnie, zanim stąd wylecimy. Muszę być wtedy czujny.

Odchyliłem się na fotelu i obserwowałem rozmieszczone wzdłuż tunelu światła. Nie miałam pojęcia, czym one są, i nieszczególnie miałem ochotę się tego dowiadywać. Nie byłem naukowcem i lubiłem tajemniczość.

Opuściłem rękę i dotknąłem dobrze zabezpieczonej metalowej kuli. Ryzykowałem własnym życiem, aby ją namierzyć, wykraść i dostarczyć.

Bez względu na to, czym była, szedłem o zakład, że przedstawia sobą niemałą wartość, licho jednak wie, czy kiedykolwiek się tego dowiem. Skany wykazały, że jest bezpieczna, więc nie była to bomba ani nic groźnego.

W czasie swojej wątpliwej kariery miałem na koncie kilka napadów na rzecz kolekcjonerów, wiedziałem więc, że taki badziew można sprzedać za okrągłą sumkę. Głupcy pokroju Emmersona płacili miliony za to, aby go wygrzebać spod ziemi, a potem umieszczali w ciemnym pomieszczeniu, nadając pozbawionej znaczenia ozdóbce sztuczną wartość. Gdybyście chcieli znać moje zdanie, to wszystko się sprowadzało do osoby ze zbyt dużą kasą szukającej kolejnych sposobów na jej wydawanie.

Mnie to nie przeszkadzało, bo dzięki tego rodzaju zleceniom miałem co robić.

Bycie renegatem czasami oznaczało podejmowanie się każdego dostępnego zlecenia, o ile tylko dawało się dzięki temu utrzymać statek w powietrzu. To oznaczało zarabianie kasy.

Cała reszta pozbawiona była znaczenia.

2

– Dziesięć tysięcy kredytów – powiedział Fitz, przykładając kciuk do czytnika. – No dobra, to dawaj mi tę kulę.

– Proszę bardzo. – I mu ją rzuciłem.

Złapał ją w obie ręce, nim zdążyła go trafić w tłusty brzuch. Uważnie studiował wygrawerowane w metalu drobiazgowe wzory.

– Doskonale.

– Cieszę się, że jesteś zadowolony.

– O tak. Jest ekstra! – Uśmiechnął się. – Ten głupiec Emmerson musi być teraz nieziemsko wkurwiony. Mam nadzieję, że rwie włosy z głowy. Widziałeś jego twarz, kiedy zabrałeś tę kulę? Jak bardzo był wściekły?

– Trudno było stwierdzić w tej całej strzelaninie.

– Założę się, że po twoim odlocie zabił któregoś ze swoich ludzi. Czasem tak robi – zaśmiał się Fitz.

– Masz dla mnie jakieś zlecenia? – zapytałem.

– Kolejne? Na razie nic się nie kroi. Może za parę tygodni. Mamy mały zastój, wiesz?

„Jasny gwint. Przydałaby mi się kolejna robota".

– Jasne – odparłem.

– Czemu pytasz? Świerzbi cię palec wskazujący?

– Mam trochę długów do spłacenia.

– Niefajnie – wyszczerzył się Fitz. – Powinieneś dokonywać lepszych życiowych wyborów.

– Mówi facet, który mnie wynajmuje – rzuciłem, ignorując sarkazm.

Posłał mi zuchwały uśmiech.

– Chcesz wiedzieć, co ukradłeś? – Uniósł kulę.

– Niekoniecznie – odparłem.

Zachichotał, po czym rzucił ją za siebie.

– Cóż, właściwie nic takiego. Dowiedziałem się po prostu, że to ulubiona zabawka Emmersona. Kolekcjonuje stare śmieci i udaje, że to skarby. Myśli, że czyni go to wyrafinowanym czy jakoś tak.

Kula potoczyła się po podłodze i zatrzymała, uderzywszy w nogę krzesła.

– Och – rzekłem.

– Ale się wścieknie, kiedy się dowie, że ją mam. Liczę na to, że go tu zwabię. Mówiłem ci, co mi zrobił?

– Ukradł twoje terytorium – odparłem w nadziei, że uniknę tego, co mi zamierzał powiedzieć.

Niestety.

– Żeby tylko to! Dopóki się nie pojawił, byłem jedynym sprzedawcą paliwa X-92 w trzech układach. Miałem monopol na ponad trzydzieści produktów, na które był wielki popyt. Zjawia się

Emmerson i zaczyna oferować ceny niższe od moich. Możesz w to uwierzyć? Nie ma pojęcia, z kim zadarł. Zamierzam…

Odwróciłem się i zacząłem odchodzić.

– Nara, Fitz. Fajnie cię było widzieć.

– D-dokąd idziesz?

– Muszę gdzieś tam lecieć. Zadzwoń, jeśli będziesz miał dla mnie robotę.

Przełknął ślinę, po czym szeroko się uśmiechnął.

– Może następnym razem każę ci ukraść resztę jego kolekcji. Będziemy w kontakcie!

– Do następnego razu, Fitz – odparłem i wyszedłem z holu. „Ty szalony draniu".

Kierując się ku mojemu statkowi, stuknąłem w ukryty w uchu komunikator.

– Siggy, jak stoję z kasą?

– Z kilku kont shell przelano na pańskie dziesięć tysięcy kredytów – odparł Sigmond.

– Jakie mam saldo po przelewie? – zapytałem.

– Dziesięć tysięcy czterdzieści siedem kredytów.

– Chwila. Chcesz powiedzieć, że wcześniej miałem na koncie tylko czterdzieści siedem kredytów? Na co poszła reszta?

– Na paliwo i naprawy statku, jak również nowy, zainstalowany przez pana ekspres do kawy.

Kiwnąłem głową.

– Same ważne rzeczy.

– Kawa także? – zapytał Sigmond.

– Zwłaszcza kawa. – Oczami wyobraźni ujrzałem siebie z kubkiem w ręce, wdychającego ten boski aromat. – Nie masz kubków smakowych, Siggy, więc daruję ci tę uwagę.

– Jest pan niezwykle łaskawy.

Gdy opuściliśmy planetę, Sigmond mnie poinformował, że ktoś dzwonił.

– Kto? – zapytałem.

– Fratley Oxanos. Chce z panem rozmawiać o…

– Pieniądzach – dokończyłem za niego. – Połącz mnie z nim.

Chwilę później z komunikatora dobiegły głosy – słychać było śmiech i okrzyki. Chyba jakaś impreza.

– Halo? To ty, Jace?

– Zgadza się, Fratley – odpowiedziałem.

– Powiedz, że masz moje pieniądze.

– Pracuję nad tym. Dopiero co wykonałem zlecenie i właśnie lecę po kolejne.

Usłyszałem, jak tłum wiwatuje, łącznie z Fratleyem.

– Och, widzieliście to? Co za wynik. Sorry, Jace. Jestem zajęty grą. Mówiłeś, że masz moje pieniądze? Bo to jedyna odpowiedź, jaką chcę od ciebie usłyszeć.

– Na spłatę zostały mi jeszcze dwa standardowe tygodnie – przypomniałem mu.

Zaśmiał się.

– Aha! Rzeczywiście. Jak mogłem zapomnieć? Mam jednak nadzieję, że nie będziesz czekał do ostatniej chwili. Bardzo bym nie chciał musieć cię namierzać.

Oddam ci twoją kasę, Fratley. Spokojna głowa.

– I o to mi właśnie chodzi, Jace! A teraz daj mi w cholerę spokój. Postawiłem pieniądze na tę grę i nie zamierzam przegrać.

Rozległo się kliknięcie.

– Chyba się rozłączył – burknąłem.

– Na to wygląda – stwierdził Sigmond.

Odchyliłem się na fotelu, próbując się odprężyć. Winien byłem temu pacanowi sto tysięcy kredytów, czyli kwotę o wiele większą, niż znajdowała się w moim posiadaniu. Musiałbym podłapać jakieś poważne zlecenia, aby zebrać tyle kasy, nim upłynie termin spłaty. Może nawet sprzedać statek.

Na tę myśl wzdłuż pleców przebiegł mi zimny dreszcz. Pierdolić to. Wolałbym pozwolić, aby mi obciął palce, niż wyrzec się Gwiazdy.

Gdyby nie ta pożyczka, nie byłbym teraz w czarnej dupie.

Sześć miesięcy temu pożyczyłem kasę od Fratleya, aby kupić narzędzie do tworzenia peleryny – byłem przekonany, że zapewni mi to przewagę, której potrzebuję w tej branży, aby pozostać na szczycie. Częściowo miałem rację.

Posiadanie peleryny pomagało bardziej, niż to sobie wcześniej wyobrażałem, jednak bez względu na jej użyteczność zlecenia wcale nie waliły do mnie drzwiami i oknami.

Jakiś czas temu rząd Unii zaczął się rozprawiać z renegatami, przez co klientom jeszcze trudniej było nas znaleźć na rynku. Tak się czasem zdarzało, może raz na dwa lata, aczkolwiek taka sytuacja nigdy się długo nie utrzymywała. Dla zachowania prywatności w obrębie Galaktycznego Internetu używaliśmy prywatnej sieci. Czasami szczeniakom Unii dopisało szczęście i kogoś aresztowano, ale udowodnienie czegokolwiek zawsze było trudne. Żaden z nas nie używał imion. Tylko kody.

Swój zmieniałem co dwa tygodnie.

Naszym ludziom w przeciągu dnia udało się odbudować zabezpieczenia, niemniej szkody zostały wyrządzone. Spora część klientów przestała się kontaktować, pozostawiając mnie i pozostałych renegatów bez pracy. Wrócą, jak zawsze, kiedy coś takiego miało miejsce, lecz nie wcześniej niż za kilka tygodni.

A na razie próbowałem się chwytać wszystkiego, co wpadło

mi w ręce. Brałem każdą robotę, żeby tylko zarobić na spłatę zaciągniętego długu. Fratley niechętnie przedłużał termin spłaty, więc nie mogłem na to liczyć. Będę musiał znaleźć jakiś sposób na uzbieranie w dwa tygodnie odpowiedniej kwoty.

I dlatego musiałem się spotkać z Olliem Trinidadem, moim osobistym agentem. Jeśli ktoś miał dla mnie robotę, to właśnie on.

Po wylądowaniu na Stacji Taurus poleciłem Siggy'emu, aby pod moją nieobecność pilnował Gwiazdy.

– Jak ktoś będzie z tobą zadzierał, wiesz, do kogo dzwonić.

– Do ochrony stacji? – zapytał.

– Nie, dzwonisz do mnie, żebym ja mógł odstrzelić im łby. Ochrona tylko by przeszkadzała.

– No tak, oczywiście – rzekł Sigmond.

Udałem się prosto do baru, swoją kwaterę pozostawiwszy na później. Nie byłem na tyle zmęczony czy znudzony, aby na dziś odpuścić. Nie, dopóki nie wleję w siebie trochę procentów.

Bar Percy's znajdował się na rogu promenady, jednak nie można go było określić mianem wyrafinowanego. Wprost przeciwnie – lokal ledwie się trzymał kupy.

– Co dla ciebie? – zapytał barman, jakiś nowy koleś, którego nie znałem.

– Gdzie Mort? – rzuciłem, zająwszy miejsce.

– Nie słyszałeś? Mort parę tygodni temu umarł. Zrobiliśmy tu stypę. Rozgłaszaliśmy to po całej stacji.

– Kurde – mruknąłem. – Sorry, że mnie na niej nie było.

Mężczyzna nalał mi do szklanki ginu.

– Proszę bardzo, przyjacielu. Na koszt firmy.

Wziąłem do ręki szklankę, bo nie miałem w zwyczaju odmawiać darmowego drinka.

– Dzięki, stary.

Chwilę tam siedziałem, obserwując przemieszczających się po promenadzie ludzi z torbami z zakupami i pogrążonych w rozmowach. W samym barze siedziała zaledwie garstka osób, pewnie dlatego, że był dopiero środek popołudnia.

– Otrzymaliśmy raport w sprawie ataku na senatora Gibsona – rozległ się męski głos, przyciągając moją uwagę.

Odwróciłem się i na ekranie ujrzałem stację Unijne Wiadomości. W prowadzącym rozpoznałem Quintina Dallasa, ogolonego na gładko trzydziestoparoletniego dziennikarza z brązowymi włosami. Tak jak i każdy pracujący w mainstreamowej, telewizji Quintin nie był nikim więcej jak rzecznikiem rządu Unii, głoszącym na prawo i lewo propagandowe hasła.

Obserwując go, pociągnąłem łyk drinka.

– Zamachowiec włamał się do specjalnego obiektu badawczego, aby zaatakować i pozbawić życia senatora Gibsona, najprawdopodobniej z powodu jego przynależności do politycznego ruchu Nowy Świt, którego celem jest rozprawienie się z ochroną granicy wzdłuż Martwoziem. Określenie Martwoziemie stosuje się wobec pasa kontrolowanego przez Unię terenu pomiędzy Układem Ozyrys a Mgławicą Velos. Unijne Wiadomości proszą obywateli Unii o informowanie lokalnego przedstawiciela rządu o wszelkich podejrzanych…

Ekran zrobił się ciemny.

– Nie znoszę tego osła – oświadczył barman. – Zawsze tylko kłamstwa i kłamstwa. Włączyłem ten kanał tylko dlatego, że wcześniej był mecz. Przed tymi bredniami. Ten senator, o którym mówił, jest skorumpowany. Słyszałem, że to on stoi za tym rozporządzeniem, które parę miesięcy temu przyniosło tyle aresztowań.

– Aresztowań? – zapytałem.

– Rząd przejął parę przygranicznych planet. Aresztowano wszystkich przywódców i osoby z zaległymi nakazami. Jedną z nich był mój szwagier. Słyszałem, że pracuje teraz w kolonii wydobywczej. Jeśli chcesz znać moje zdanie, to ci politycy są jedną wielką bandą oszustów.

Przytaknąłem, po czym dopiłem drinka i odstawiłem szklankę na bar. Przelałem należność na konto barmana, dodając hojny napiwek.

– Dzięki za drinka – powiedziałem. – Do zobaczenia następnym razem.

– Trzymaj się, przyjacielu – odparł, wycierając blat brudną ścierką.

Pomachawszy na pożegnanie, wyszedłem na zatłoczoną promenadę i zacząłem się przeciskać w przeciwną stronę. Moim kolejnym przystankiem będzie sklep z częściami, potem stacja paliwowa, a na koniec zajrzę do Olliego. To taka moja rutyna po powrocie. I właśnie tego najbardziej nie znosiłem w byciu renegatem.

Meldowania się i papierologii, ale może Ollie miał dla mnie jakąś fajną robotę – następny przemyt albo coś wymagającego włamania. Tak czy inaczej gotowy byłem znowu ruszyć ku niebu.

3

– Proszę bardzo, Jace – rzekł Ollie i zamachał mi przed twarzą tabletem. – Dwa tysiące kredytów, ostatnia rata za tę robotę sprzed dwóch tygodni dla Antonia Ariguellio.

Wziąłem od niego tablet i zerknąłem na transakcję. Środki zostały przelane bezpośrednio na moje konto – oczywiście to, które nie było powiązane z moim prawdziwym nazwiskiem.

– Super. W końcu stać mnie na porządny kawał mięcha na tej stacji.

– Czyli w Jarro's? – zapytał, unosząc brwi. – Z tego, co wiem, to się zamknęli.

Otworzyłem szeroko oczy.

– Co takiego?

– No, podobno właściciel wpadł w finansowe tarapaty. Wziął pożyczkę od niewłaściwych ludzi. – Zachichotał. – Hej, pewnie od ludzi takich jak ja.

Zakląłem pod nosem i oddałem tablet.

– Nie oszukuj się, Ollie. Nie jesteś wcale aż taki groźny.

Już-już miałem wyjść, kiedy uniósł palec.

– Chwila, mam następną robotę.

– Och? – Znieruchomiałem.

– A nawet dwie. – Zerknął na tablet. – Znowu Antonio. Chce konkretnie ciebie.

– Co to za robota?

– Nie jestem pewny, czy ci się spodoba – odparł, krzywiąc się.

Po jego minie widziałem, że najpewniej ma rację. Nikt nie znał mnie lepiej niż Ollie, choć niechętnie to przyznawałem.

– Mów.

– Żona go zostawiła, więc chce się na niej odegrać. Według niego przebywa gdzieś na Martwoziemiach. Podobno ukradła mu kasę i uciekła ze swoim ochroniarzem. Mógłbyś zarobić trzydzieści tysięcy kredsów.

– A ona nie ma przypadkiem dziecka? – zapytałem.

Przez chwilę się wahał, po czym kiwnął głową.

– Chodzi też o nie. Antonio chce, abyś odebrał jej chłopca. On…

– Pasuję – przerwałem mu od razu. – Wiesz, że w sprawy z dziećmi się nie mieszam, Ollie.

– Wiem, ale musiałem ci powiedzieć. Taką mam pracę.

– Co jeszcze masz?

– Tylko jedno zlecenie. – Spod blatu wyjął drugi tablet. – Eskorta. Miałbyś zabrać pewną kobietę do Arkadii.

– To nie przypadkiem to miejsce z duchownymi?

– Kościół Ojczyźniany czy jakoś tak – powiedział Ollie, próbując to sobie przypomnieć. – Tak, to oni. Ta pani musi tam dostarczyć pewien ładunek.

Nachyliłem się nad blatem i spojrzałem temu niewysokiemu facetowi w oczy.

– Chcesz, abym odwiózł jakąś wariatkę do jej sekty? A kim według ciebie jestem?

Uniósł ręce.

– Hej, ja ci tylko daję zlecenia, Jace. Nie miej do mnie pretensji o to, że ci się nie podobają. – Odwrócił tablet. Twarz tej kobiety była ładna, za to resztę skrywało ubranie. Miała na sobie jedną z tych workowatych szarych tunik i zasłonięte włosy. Z tego, co mi było wiadomo, coś takiego to standard dla członków tego Kościoła. Paru tych wariatów widziałem kiedyś w wiadomościach; licho wie, czemu protestowali przeciwko rządowi. – Daj spokój, Jace. Co może zrobić taka drobna dziewczyna? Poza tym kasa jest całkiem dobra. Pięć tysięcy kredytów. No i jest na czym oko zawiesić.

– Mi to wygląda na stratę czasu. – Odsunąłem od siebie tablet. – Co jeszcze masz?

Przesunął palcem po ekranie i ściągnął brwi.

– Wygląda na to, że nic.

– Masz tylko to? – zapytałem.

– Ten tydzień jest bardzo spokojny. Co mogę powiedzieć? – Ollie się wyszczerzył, prezentując krzywe zęby.

Ponownie zakląłem.

– No dobra, prześlij to do mnie. – Spojrzałem mu w oczy. – Oby ta laska nie sprawiała żadnych kłopotów.

– Hej, niczego nie obiecuję. Ja tylko przekazuję ci fuchy, pamiętasz? – Nie przestawał się uśmiechać.

– Jasne. – Wyjąłem mu z ręki tablet. Przyłożyłem do ekranu kciuk, potwierdzając przyjęcie zlecenia. – Powiedz jej, że jutro czekam na nią na statku, no a w czasie mojej nieobecności poszukaj mi jakiejś lepszej roboty.

– Masz to jak w banku, Jace. Wszystko dla mojego asa – zapewnił.

Do Olliego należał usytuowany na promenadzie sklepik z pamiątkami, pełniący także funkcję Renegackiego Biura (RB). Z kolei stacja ta stanowiła popularny punkt przystankowy dla turystów wracających z Układu Lenidas, dzięki czemu Ollie słono ich kasował za pospiesznie zakupione świecidełka. Cały jego towar był kiepskiej jakości tandetą, lecz przebywające na wakacjach grube ryby z grubymi portfelami chętnie ją kupowały, najpewniej po to, aby się nią później chwalić swoim rozpuszczonym przyjaciołom.

Najzabawniejsze było to, że połowa tych bzdetów pochodziła z porozmieszczanych na stacji kontenerów na śmieci – zostały jedynie oczyszczone i potraktowane klejem. Ollie upajał się myślą, że jego małe zabaweczki ze śmietnika dekorują setki kominków, jakby to były egzotyczne dzieła sztuki. Dobre sobie.

Mimo to Ollie pozostawał jedynym niezawodnym agentem RB w sześciu układach. Z wieloma miewałem zatargi, lecz nigdy z nim. On zawsze grał ze mną w otwarte karty, nie próbował mnie okradać ani działać na moją niekorzyść.

Chciałbym móc powiedzieć, że powodem była jego etyka, wydaje mi się jednak, że po prostu cenił swoje życie. Wiedział, że dzień, w którym spróbuje mnie wycyckać, będzie jego ostatnim.

Szanowałem go za to, nawet jeśli był oszustem sprzedającym bogaczom badziewie.

Lunch zjadłem w mieszczącym się w części gastronomicznej lokalu o nazwie Sal's. Nieusatysfakcjonowany nędzną namiastką kanapki wypiłem kilka piw, po czym udałem się do siebie – do kwatery, która wielkością przypominała garderobę większości ludzi. Mieściły się w niej łóżko, komoda, nieduże biurko i tyle. Nieszczególnie się tym przejmowałem. Z powodu pracy i tak spędzałem tu mało czasu.

Poza tym kiedy ma się duży dom, człowiekowi zaczyna w nim być zbyt wygodnie i nie chce mu się go opuszczać. Robi się leniwy i gruby, ogląda za dużo telewizji i staje się nudziarzem. Do diabła z czymś takim.

Dzięki, ale wolę swój statek i swoją robotę.

Kiedy otworzyłem drzwi, uderzyła mnie woń czerstwego chleba. Widocznie ostatnim razem zapomniałem posprzątać. Nie szkodzi. Długo tu nie zabawię.

Zastukałem w ucho.

– Siggy, jesteś tam?

– Jak zawsze, proszę pana – odparł Sigmond.

– Wygląda na to, że mamy jutro nową robotę. Eskorta. Powinno pójść szybko i gładko. Zaraz ci wyślę koordynaty.

Wpisałem hasło do cyfrowej skrzynki odbiorczej mojego statku i przesłałem odpowiednie dane.

– Potwierdzam odbiór. Wykonuję w tej chwili upload – poinformował Sigmond. – Kiedy mam się spodziewać pańskiego powrotu?

W głowie szumiało mi od procentów i byłem cholernie zmęczony. Nie ma mowy, abym wstał przed dziewiątą.

– Późnym rankiem – zdecydowałem. – Zadzwoń do mnie, jeśli nie zjawię się przed dziesiątą.

– Tak jest.

Położyłem tablet na komodzie i usiadłem na łóżku, zapadając się na niedużych rozmiarów materacu. Jutro będę musiał stąd wyjechać. Przetransportować jakąś nawiedzoną wariatkę do jej sekty. Może nie była to jakaś szczególnie ekscytująca robota dla renegata, ale za to łatwa.

Przed śluzą statku czekał na mnie Ollie.

– Dzień dobry, Jace. – Wyraz twarzy miał pogodny.

– Gdzie ta mniszka? Miejmy to za sobą – rzuciłem.

– Skowronkiem to ty nie jesteś, co? – zaśmiał się Ollie. – Nic się nie martw, ona jest już w środku. Siggy dotrzymuje jej towarzystwa.

Zacisnąłem dłoń w pięść, gotowy wbić mu do głowy trochę rozumu.

– Wpuściłeś na mój statek obcą osobę? Pojebało cię czy co?

Podrapał się po uchu i krzywo uśmiechnął.

– Mówiłem jej, że to kiepski pomysł. Powiedziałem nawet, że się wkurzysz, ale ona oświadczyła, że im szybciej się znajdzie na pokładzie, tym szybciej będziecie mogli ruszyć w drogę.

– Mam w dupie, czy wylot z tej cholernej stacji zajmie nam pół dnia, nigdy więcej nie wpuszczaj nikogo na Gwiazdę, kiedy mnie tu nie ma. Słyszysz mnie, Ollie?

– Jasne, jasne, słyszę. No ale mówię ci, Jace, niezła z niej ślicznotka. Sam się przekonasz. – Uniósł brew i posłał mi znaczące spojrzenie.

– Chryste panie, Ollie. – Minąłem go i przeszedłem przez śluzę.

– Do zobaczenia po twoim powrocie! – zakrzyknął za mną.

Obejrzałem się.

– Na razie, stary.

– Dzień dobry panu – przywitał mnie Siggy, gdy tylko się znalazłem na wewnętrznym korytarzu.

– Gdzie nasza pasażerka? W saloniku?

– Właściwie to w ładowni – odparł Sigmond.

– A czemu?

– Pani Pryar pragnie pozostać blisko swoich rzeczy.

– Pryar? Tak ma na nazwisko?

– Tak, proszę pana. Czytał pan raport?

– Jasne, te ważniejsze fragmenty. Nazwisko do nich nie należy.

– Skoro tak pan twierdzi. Mam ją poprosić, aby udała się do łącznika?

– Nie – odparłem, przechodząc obok saloniku. – Chcę zobaczyć, co ze sobą zabrała.

Statek nie należał do dużych, mógł jednak spokojnie pomieścić sporą grupę osób i solidny ładunek. Zależnie od tego, kim się było i skąd się pochodziło, Zbuntowaną Gwiazdę uznawano albo za wielką i piękną, albo za cholerną kupę unoszącego się w powietrzu złomu. Ja miałem to gdzieś. Dzięki mojej ślicznotce żyłem i wykonywałem swoją robotę.

Droga ze śluzy do ładowni nie trwała długo. Milcząc, zszedłem po schodach do czekającej mniszki. Stała obok wielkiej, niczym się niewyróżniającej skrzyni.

– A więc to ty jesteś tą mniszką – rzuciłem bezceremonialnie.

Odwróciła się i spojrzała na mnie. Miała na sobie taki sam strój, jaki widziałem w sklepiku Olliego – zakrywający niemal całe ciało, łącznie z włosami.

To, co pozwalała ludziom oglądać, rzeczywiście było piękne. Wielkie brązowe oczy, wąski nos i jasna cera. Połączenie naturalnej urody i odpowiedniej pielęgnacji. Przez moją głowę przebiegła myśl, jak ta kobieta mogłaby wyglądać w normalnym ubraniu.

– A pan tym zbirem – zadrwiła i ponownie odwróciła się

do mnie plecami. – Wylatujemy? Chciałabym to zrobić najszybciej, jak się da.

– Domyśliłem się tego, kiedy wtargnęłaś na mój statek.

– Nigdzie nie wtargnęłam. Wpuścił mnie pański pracodawca. Poza tym woli pan, abym się nie spieszyła, czy mieć mnie z głowy i otrzymać zapłatę?

– Czy ty nazwałaś Olliego moim pracodawcą? – fuknąłem.

– A nie jest nim? – zapytała.

– To chuchro nie zatrudnia nikogo z wyjątkiem siebie. Jestem wolnym strzelcem.

– Nazywa pan siebie, jak tylko ma ochotę. To co, ruszamy?

Zerknąłem na stojącą u jej stóp skrzynię, długą na dwa metry, szeroką na pół.

– Co tam masz?

– Zaopatrzenie dla mojego Kościoła – odparła spokojnie.

– Mogę otworzyć?

Otworzyła szeroko oczy.

– Słucham?

– Coś nie tak? – Zbliżyłem się do skrzyni. – Nie zabiorę tego, dopóki się nie dowiem, co tam się kryje.

– To nie wchodzi w grę.

– A niby czemu, do cholery?

– W środku znajdują się produkty łatwo psujące się. Jeśli złamię pieczęć, to po kilku dniach będą do wyrzucenia. Pieczęć ma pozostać nienaruszona do czasu, aż dotrę na miejsce.

– Czyli żywność? To właśnie wieziesz?

– Żywność i leki – wyjaśniła. – Nasza kongregacja złożyła zamówienie, po które wysłano właśnie mnie. – Z bocznej kieszeni wyjęła tablet. – Tutaj jest zamówienie.

Wziąłem od niej urządzenie i przebiegłem wzrokiem widoczny na wyświetlaczu dokument. Wydawał się autentyczny.

– Chyba jest okej – rzekłem i oddałem jej tablet. – No dobra, chodź do saloniku, a ja uzyskam zgodę na start.

– Z całym należnym szacunkiem, ale wolałabym spędzić podróż tutaj.

– Chcesz siedzieć w ładowni? Ale po co?

– Poważnie podchodzę do swojej pracy. Nie mogę pozostawić kościelnych zapasów bez nadzoru.

Roześmiałem się.

– Myślisz, że ktoś ci ukradnie to pudło? Na tym statku przebywamy tylko ty i ja, wiesz chyba o tym? Ta skrzynia donikąd sobie nie pójdzie.

– Mimo wszystko zostanę tutaj.

– W porządku, w takim razie możesz sobie poszukać innego statku – oświadczyłem.

– Słucham?

– Nie ma tu żadnych miejsc siedzących, co oznacza, że nie ma także pasów. Wzlecisz w powietrze, walniesz się w głowę i co mam wtedy zrobić? Miałbym wtedy do czynienia z całą masą papierkowej roboty, nie wspominając o bajzlu, jaki byś po sobie zostawiła.

– Ale ja nie mogę…

– Lecisz ze mną, przestrzegasz moich zasad. Zapraszam do saloniku albo zabieraj swoją skrzynię i spadaj. Albo jedno, albo drugie. Nie ma miejsca na kompromisy.

Wyraźnie zatroskana wpatrywała się w skrzynię.

– Nie mogę czekać na następny statek.

– Zrób, co mówię, a nie będziesz musiała. Taka jest cena.

Zawahała się.

- Niech będzie. Zaczekam w kabinie, ale tylko do czasu, aż odlecimy ze stacji. Coś takiego jest akceptowalne, prawda?

- Jak sobie chcesz, paniusiu. Siedź sobie w ładowni, byle nie w czasie startu i lądowania. – Pokręciłem głową i odwróciłem się w stronę wyjścia. – Sporo zachodu jak na jedną głupią skrzynię.

4

– Odlecieliśmy ze Stacji Taurus, proszę pana – poinformował Sigmond. – Obieramy kurs na Układ Arkadia.

– Dobrze, a teraz sprawdźmy, co u naszej pasażerki. – Przywołałem odpowiedni obraz. Ku mojemu zdumieniu salonik okazał się pusty.

– Ona już wraca do ładowni, proszę pana – rzekł Sigmond.

Na ekranie automatycznie pojawił się obraz prezentujący lokalizację mniszki. Stała nieugięcie obok swojej skrzyni.

– Dziwaczka z niej, co nie? – zapytałem, obserwując kobietę.

– Przecież jej pan powiedział, że po opuszczeniu stacji może tam wrócić. Pozostała na fotelu dopóty, dopóki tak się nie stało.

– Po czyjej jesteś stronie?

– Najmocniej przepraszam – odparła AI.

Tak po prawdzie to nie było powodu, dla którego miałbym jej kazać siedzieć w saloniku, tyle że za każdym razem, kiedy na statek trafiał nowy pasażer, od samego początku pokazywałem, kto tu rządzi, na wypadek gdyby coś poszło nie tak. Silniki mogły wybuchnąć. Mogliśmy znaleźć się w epicentrum paskudnej bitwy. Tak czy inaczej pasażerowie musieli wykonywać moje rozkazy, więc lubiłem to sobie od razu zagwarantować.

Na szczęście dla mniszki nie przewidywałem żadnych większych przeszkód. Trasa wiodła prosto ze Stacji Taurus do Arkadii, niecałe szesnaście standardowych godzin unijnych. Pokonamy ją w niecałą dobę. Szybko i gładko – dla mnie idealnie.

Kiedy tylko ją wysadzę, zadzwonię do Olliego, aby sprawdzić, czy nie pojawiły się w międzyczasie jakieś inne zlecenia. Jeśli nie, będę musiał się zgłosić do wszystkich innych znanych mi agentów, a tego akurat nie robiłem zbyt często. Jeśli i to nie pomoże, będę zmuszony wymyślić coś innego. „Miejmy nadzieję, że do tego nie dojdzie", pomyślałem.

Widziałem na ekranie, że mniszka stoi w niemal kompletnym bezruchu niczym strażniczka obok cennego ładunku. Byłem pewny, że skłamała w kwestii zawartości skrzyni. Wyczytałem to z jej twarzy, kiedy karmiła mnie swoją historyjką. Bez względu na to, co się tam kryło, na pewno nie były to żywność i leki.

– Siggy, sprawdź, czy uda ci się przeskanować bagaż naszej nowej przyjaciółki.

– Przystępuję do skanowania. Proszę o chwilę cierpliwości.

Stuknąłem palcem w konsolę. Nigdy dotąd nie pracowałem z nikim szczególnie religijnym. Jedyny kontakt z Kościołem miałem jako bezdomny dzieciak na Epsy. Pamiętałem, jak po mieście chodził kapłan o imieniu Shiggorath i roznosił broszurki. Kiedy go poprosiłem o coś do jedzenia, w pierwszej chwili mnie zignorował, potem zaś obrzucił słowami pełnymi potępienia, a mnie się to nie spodobało. Udałem się więc za nim do domu, odczekałem, aż wyjdzie, następnie włamałem się i próbowałem ukraść, co tylko wpadło mi w ręce. Następnego dnia trafiłem do poprawczaka.

Przez dwa lata nie musiałem się martwić o jedzenie ani ubranie. Nauczono mnie nawet czytać i pisać. Nie tak źle, jeśli się nad tym zastanowić.

– Skanowanie zakończone – oświadczył Sigmond, wyrywając mnie z myśli. – Bez rezultatu.

Nachyliłem się na fotelu.

– Jak to?

– Skrzynię wyłożono ultracienką warstwą neutronium, co uniemożliwia przeskanowanie zawartości.

– Neutronium? – zdumiałem się.

– W rzeczy samej.

Z otwartą buzią siedziałem i gapiłem się na mniszkę i jej pudło. Neutronium było niezwykle rzadkim rodzajem metalu używanym głównie przez Unię w celach zarówno badawczych, jak i militarnych. Większość skanerów nie odróżniłaby go od zwykłej stali, ale każdy porządny renegat aktualizował swoje oprogramowania, na wypadek gdyby wynikła sytuacja taka jak ta. Nigdy nie wiadomo, jaka informacja może się przydać w trakcie misji.

Bez względu na to, kim była ta kobieta na moim statku, na pewno nie zwykłą mniszką. Nie, skoro miała dostęp do neutronium.

– Możemy się jakoś przebić przez ten metal? – zapytałem Siggy'ego.

– Według mojej bazy danych nie istnieje żadna znana metoda. Jeśli pan chce, mogę przeszukać więcej informacji w Galaktycznym Internecie.

– Nie, odpuść sobie – westchnąłem.

Siedziałem przez długą chwilę i zastanawiałem się, co zrobić. Po jakimś czasie wstałem i skierowałem się ku wyjściu.

– Siggy, bądź przygotowany na drugie skanowanie, ale czekaj na mój sygnał. I korzystaj ze słuchawki. – Stuknąłem w bok swojej głowy. – Jasne?

– Oczywiście – zapewnił Sigmond i tym razem usłyszałem jego głos w uchu.

– Pora sprawdzić, co nasza pasażerka próbuje ukryć.

Po wejściu do ładowni zobaczyłem, że mniszka stoi obok swojej cennej skrzyni. Ręce miała splecione na brzuchu.

– Widzę, że nie mogłaś się doczekać, aż tu wrócisz – zagaiłem, schodząc po schodkach na niższy poziom.

Odwróciła się; na jej twarzy malowało się zaskoczenie.

– Powiedział pan, że mogę…

– Wiem, co powiedziałem. Rób, co chcesz. Trzymaj się jedynie z daleka od moich rzeczy, jasne? – Wskazałem na leżącą pod ścianą stertę zapasów. – Mam tam sporo ważnych rzeczy, mniszko.

– Abigail – powiedziała.

– Skoro tak twierdzisz. – Podszedłem do swojej osobistej szafki i ją otworzyłem. Wyjąłem z niej stary kapelusz, po czym go założyłem. – Całkiem fajny, nie?

– Zapewniam pana, że pańskie rzeczy mnie nie interesują. – Odwróciła się plecami do mnie. Przez chwilę stała w bezruchu, po czym zerknęła na skrzynię.

Schowałem kapelusz i zamknąłem szafkę. Oparłszy się o metalową belkę, skrzyżowałem ręce na piersi i zlustrowałem brązowoszarą tunikę.

– Mogę cię o coś zapytać?

– Słucham? – Była wyraźnie rozkojarzona.

Z kieszeni wyjąłem landrynkę, po czym wrzuciłem ją sobie do ust. Każdy miał jakąś słabość. Moją były landrynki – twarde cukierki o smaku owoców produkowane dla staruszków i dzieci.

– Pytałem, paniusiu, czy mogę cię o coś zapytać.

– Och. – W końcu to do niej dotarło. – Pewnie tak.

– O co chodzi z tym całym Kościołem? – zapytałem, ssąc pyszną landrynkę o smaku wiśni.

– Słucham? – powtórzyła. Wydawała się niemal urażona.

– Z tym całym Kościołem. O co chodzi z tym. – Wskazałem na jej strój. – Co się za tym kryje?

– Nie bardzo wiem, o co panu chodzi. Jestem żarliwą wyznawczynią Kościoła. Moja misja to wypełnianie nauk naszego zakonu najlepiej jak…

– Taa, ja to wszystko rozumiem – przerwałem jej i machnąłem ręką. – Moje pytanie brzmi: dlaczego? Co sprawia, że ktoś dołącza do Kościoła? – Rozgryzłem landrynkę. – Twój Kościół mieści się w samym środku Martwoziem. Czytałem wczoraj o tym. Większość ludzi nie uważa go nawet za prawdziwą religię. Jak dziewczyna twojego pokroju dała się zgarnąć takiej stukniętej organizacji?

– Słucham? – zapytała, a malującą się na jej twarzy konsternację zastąpiła uraza. – Co daje panu prawo zadawać takie pytania? Sam pan jest nikim innym jak zbójcą.

– No pewnie – roześmiałem się. – I wiesz co? Mniejsza z tym. To nie moja sprawa.

Ponownie bez słowa spojrzała na skrzynię.

– Pójdę już sobie. – Zrobiłem krok w stronę wyjścia. – Choć jeśli mogę ci zająć chwilę, to mam jeszcze jedno pytanie.

Nawet się na mnie nie obejrzała.

– Tak?

Przełknąłem to, co pozostało z cukierka.

– Po co kobiecie takiej jak ty neutronium?

Znieruchomiała. Nie miałem wątpliwości, że doskonale wie, o czym mówię. Na pewno rozumiała, jak to wygląda.

– Czekam – rzuciłem.

W końcu się odwróciła. Twarz miała poważną, bardziej niż do tej pory.

– Nie wiem, o co panu chodzi.

Uważnie się przyjrzałem skrzyni, potem mniszce.

– Czyżby? – zapytałem w końcu.

Powoli kiwnęła głową.

– Twoje pudło jest wyściełane jednym z najrzadszych materiałów w całej galaktyce, ale ty nic o tym nie wiesz?

– Nawet gdybym wiedziała – zaperzyła się – to nie pańska sprawa.

– Widzisz, w normalnych okolicznościach musiałbym ci przyznać rację. – Zrobiłem krok w prawo, zbliżając się do skrzyni. – Ale teraz tak sobie myślę, że wchodząc na ten statek, okłamałaś mnie. Myślę, że cokolwiek by się znajdowało w tym pudle, na pewno nie jest to jedzenie ani lekarstwa. – Zrobiłem kolejny krok. – Myślę, że to coś, o czym powinienem wiedzieć.

– Powiedziałam ci prawdę. Kupiłam tę skrzynię w sklepie w Cretos. Nie miałam pojęcia…

W ładowni rozległo się ciche pukanie, a ja zamarłem. Było bardzo ciche, lecz dochodzące z bliska.

– Coś się stało? – zapytała mniszka.

Uniosłem palec, aby ją uciszyć.

Stuk. Stuk. Stuk.

Stuk. Stuk. Stuk.

Abigail i ja nawiązaliśmy kontakt wzrokowy i w tym samym momencie moja dłoń zsunęła się w stronę kabury. Uchwyciłem kolbę pistoletu.

– Co to jest? – mruknąłem, spoglądając na skrzynię.

Stuk. Stuk. Stuk.

Oczy mniszki zrobiły się wielkie jak spodki.

– Nic!

– Dla mnie nie brzmi to jak nic. – Zrobiłem krok naprzód.

– Proszę zaczekać! – zawołała i uniosła ręce.

– Coś tam jest w środku, prawda? – zapytałem. Wyciągnąłem pistolet, ale na razie nie wycelowałem.

– To nie jest zwierzę – wyrzuciła z siebie.

– Czyżby? – zapytałem.

– Proszę, da pan spokój. – W głosie Abigail słychać było błagalną nutę. – Pan nie…

Uniosłem broń.

– Rób tak dalej, paniusiu, a przysięgam, że okiem nie mrugnę, kiedy wyrzucę stąd ciebie i twoje cudaczne pudło. – Wykonałem ruch pistoletem. – Odsuń się.

Zrobiła, co kazałem, robiąc mi miejsce.

– Proszę, niech pan nie robi niczego pochopnego!

– Wywiń mi tylko jakiś numer, a tak właśnie zrobię – odparłem. Skrzynia miała mechanizm zamykający z touchpadem. – Jakie jest hasło?

– Proszę, nie może pan tego otworzyć. To nie jest…

Zastukałem w bok pistoletu.

– Zapytałem, jakie jest hasło. Nie każ mi pytać ponownie.

– To nie jest tego rodzaju zamek – bąknęła nerwowo.

– W takim razie jaki?

– Potrzeba… potrzeba odcisku mojego kciuka. Tylko ja mogę to zrobić.

Opuściłem broń i pokazałem, że ma się tym zająć.

Niepewnie zbliżyła się do mnie i skrzyni, następnie przykucnęła i spojrzała na zamek.

– Och, niedobrze – jęknęła. – Coś się z nim stało.

– O czym ty gadasz? Otwórz to cholerne pudło! – nakazałem.

Wyrzuciła z frustracją rękę w górę.

– Nie mogę! Sam pan zobaczy.

Nachyliłem się, aby spojrzeć. Wyświetlacz wyglądał identycznie jak przed chwilą.

– Nie widzę żadnej…

Nim zdążyłem dokończyć, ręka chwyciła mnie za nadgarstek i pociągnęła w bok. W tym samym czasie poczułem cios w brzuch.

Abigail była szybka i nie dała mi dużo czasu na reakcję. Ślina wystrzeliła mi z ust, kiedy dopadł mnie cios. Wydałem cichy okrzyk.

Naparłem na trzymającą mnie za nadgarstek mniszkę, wbijając kolano w jej workowatą tunikę i uderzając ją w klatkę piersiową. Przyjęła ten cios jak bestia, zaskakując mnie tym, i próbowała dosięgnąć do mojej szyi.

Wolną dłoń zacisnąłem na jej ręce. Zaciekle się mocowaliśmy.

– Coś ty za mniszka?

Robiąc użytek ze swojego ciężaru, pociągnąłem ją w dół i rzuciłem na plecy. Nie wydawszy z siebie żadnego dźwięku, nie odrywała tych swoich pełnych determinacji oczu od mojej twarzy.

– Ostra jesteś – oświadczyłem, przyszpilając ją do ziemi.

– Puść! – warknęła.

– Nie puszczę, chyba że otworzysz skrzynię.

Próbowała wsunąć pode mnie nogę, ale zablokowałem ją kolanem.

W tym momencie usłyszałem dochodzące od strony skrzyni kliknięcie. Obejrzałem się i zobaczyłem, że wieko lekko się uchyla, a ze środka wydobywa się para.

Poczułem, jak dłoń mniszki wyślizguje się z mojej i uderza mnie w policzek. Twarz mi na chwilę zdrętwiała.

– Złaź ze mnie! – zażądała Abigail i sam nie wiem czemu, ale tak zrobiłem.

Puściła mój nadgarstek i podbiegła do skrzyni, pozostawiwszy mnie z czerwoną twarzą i siedzącego na tyłku. Trzymałem w ręce pistolet, ale opuszczony.

Uniosła wieko, wpuszczając do ładowni chmurę pary. Podniosłem się z ziemi i nachyliłem, mierząc wzrokiem zawartość skrzyni. Doznałem szoku, kiedy moim oczom ukazała się oddychająca miarowo postać: dziewczynka z białymi włosami, bladą skórą i niebieskimi oczami. Gruba rurka wystawała jej z ust i biegła na tył skrzyni.

Mniszka wyjęła rurkę z ust dziewczynki. Ta zareagowała głośnym kaszlem. Z nosa ściekała jej zielona maź – pozostałości po rurkach.

Abigail pomogła jej usiąść i pocierała plecy tak długo, aż dziewczynka zwróciła zawartość żołądka. To była standardowa procedura w przypadku pacjentów wprowadzonych w kriośpiączkę, aczkolwiek na własne oczy widziałem to tylko kilka razy. Kriośpiączki nie stosowano często, jedynie w wyjątkowych przypadkach medycznych.

– Chcesz mi powiedzieć, co się tu, kurwa, wyprawia? – zapytałem, nadal trzymając w ręce pistolet. Nie użyłbym go przeciwko

bezbronnemu dziecku, ale schowanie go do kabury byłoby nie-
mądre.

Mniszka nie odpowiedziała. Wsunęła palec we włosy dziewczynki i odgarnęła je do tyłu. Rękawem tuniki wytarła jej usta
i nos.

– No już, już – szepnęła.

Mała albinoska zadrżała z zimna, a oczy miała wpółprzy-
mknięte. Otworzyła usta, aby coś powiedzieć, zrobiła to jednak tak cicho, że nie dosłyszałem.

– Słyszałaś, co powiedziałem? – zapytałem. – Co to ma zna-
czyć? Lepiej zacznij mówić, kobieto.

– Ma na imię Lex.

Dziewczynka oblizała usta.

– Doleciałyśmy? – zapytała ledwie dosłyszalnie.

Abigail pokręciła głową.

– Przykro mi. Jeszcze nie.

– Czemu się obudziłam?

Mniszka spojrzała na mnie.

– Mógłby pan dać jakiś koc? Proszę?

– Dopiero kiedy się dowiem, o co chodzi – warknąłem.

Wcześniejszy ogień zniknął z oczu Abigail, zastąpiony łagod-
nością, jakiej jeszcze u niej nie widziałem.

– Proszę – powtórzyła błagalnie. W jej głosie słychać było niepokój.

Stałem, nie bardzo wiedząc, co zrobić. Przyglądałem się
dziewczynce. Nie mogła mieć więcej niż dziesięć lat. Bez względu
na to, jakie okoliczności przywiodły ją w to miejsce, bez względu
na to, jak bardzo szokująca towarzyszyła temu historia, jedno po-
zostawało faktem: to było tylko dziecko.

Podszedłem do pobliskiej szafki, wyjąłem z niej koc i wręczyłem mniszce.

– Proszę.

Otuliła nim na wpół nagie dziecko.

– Dziękuję.

Z ręką na pistolecie oparłem się o ścianę, obserwując je obie.

Dziewczynka wtuliła się w Abigail. Gdy ta otulała kocem jej bok, dojrzałem jakiś ślad – nie, serię niebieskich kształtów. Wyglądały jak tatuaże.

– Lepiej zacznij mówić – rzuciłem.

– To skomplikowane – przyznała Abigail. – I szczerze mówiąc, to nie pańska sprawa.

– Zabierasz na mój statek zamarzniętą dziewczynkę, więc moja.

Zignorowawszy mnie, spojrzała na Lex.

– Przykro mi, ale zepsuł się zamek. Do końca podróży będziesz musiała pozostać rozbudzona.

– Nic mi się nie stanie? – zapytała dziewczynka.

– Obiecuję, że nie – zapewniła ją Abigail.

– Chwileczkę – odezwałem się. – Nie składaj dzieciakowi takich obietnic. Gotowy jestem wyrzucić was obie na najbliższej stacji, jaką uda mi się namierzyć. Ba, może po prostu wrócę na Taurusa i zostawię was tam, gdzie was znalazłem.

Abigail ściągnęła brwi.

– A co z naszą umową? Jeśli chce pan wiedzieć, to powodem, dla którego pana wynajęłam, jest to, że renegaci wykonają każde zlecenie.

– Nie bardzo wiem, skąd masz takie info, paniusiu, ale każdy renegat jest inny. Są zlecenia, które przyjmę, i takie, za które podziękuję.

– Więc nam pan nie pomoże? – zapytała.

– Słuchaj, nie rozchodzi się nawet o to, że skłamałaś – oświadczyłem. – To mi akurat nie przeszkadza. Chciałem jedynie mieć pewność, że nie przewozisz bomby czy czegoś podobnego. – Wskazałem na dziewczynkę. – Ale ty zabrałaś zamkniętego w skrzyni dzieciaka. Co ja mam sobie myśleć?

– To nie tak – upierała się.

Lex zakaszlała i posłała mi zmęczone spojrzenie.

– Proszę, niech się pan nie gniewa na Abby.

– Abby? – zapytałem, zerkając na mniszkę.

Obie wbiły we mnie wzrok. Wyczuwałem ich desperację. Pragnienie przeżycia, poradzenia sobie w tej sytuacji. Jeśli nie dowiozę ich na miejsce, możliwe, że nie otrzymają drugiej szansy.

Prawda była taka, że już zdecydowałem, że ich nie wyrzucę, ale nie musiałem im tego mówić. Niech się jeszcze chwilę pomartwią tym, co zamierza zrobić ten bezwzględny renegat.

– Chcę wiedzieć wszystko – oświadczyłem, chowając broń do kabury. – Wtedy może machnę ręką na resztę.

– To skomplikowane – westchnęła Abigail.

– Waleczna mniszka przemyca na moim statku zamarzniętą dziewczynkę i mówi mi, że to skomplikowane. Paniusiu, czy może być jeszcze gorzej?

5

Okazało się, że tak.

– Powtórz – rzekłem, próbując przetworzyć to, co usłyszałem. – Bo z tego, co powiedziałaś, wnioskuję, że ściga cię Unia.

– Zgadza się – przytaknęła Abigail.

– Unia – powtórzyłem. – Największy i najdroższy rząd w trzydziestu trzech układach. Ten, w którego posiadaniu znajduje się najbardziej zaawansowana flota wojskowa w całym wszechświecie. Ta Unia?

Kiwnęła głową.

– Co zrobiłaś, że ich wkurzyłaś? Nie powinno być tak, że święta z ciebie kobieta? A może jesteś jakąś zabójczynią? Sądząc po tych wszystkich ciosach, jakimi mnie potraktowałaś, to całkiem możliwe.

Abigail wstała.

– Odgrywam wiele ról, kapitanie.

– To akurat jest oczywiste – mruknąłem.

Miałem ochotę się odwrócić i od niej odejść i może tak właśnie powinienem zrobić, tyle że pragnąłem jej także pogratulować. Nie należałem do fanów Unii, co to, to nie. Z każdym miesiącem coraz bardziej mi utrudniali pracę tymi swoimi bzdurnymi rozporządzeniami i nowymi przepisami obejmującymi sobą Martwoziemie i inne terytoria, które powinny pozostawać poza obszarem ich władzy. Ludzie zamieszkiwali te tereny częściowo po to, aby unikać ich nadzoru, tyle że Unia coraz bardziej się rozpychała. W każdej chwili mogła wkroczyć i zetrzeć nas wszystkich na pył.

Bycie renegatem, człowiekiem wyjętym spod prawa, jeszcze nigdy nie było tak trudne jak obecnie. Nie, kiedy największa kosmiczna dyktatura postanowiła rozkazywać ludziom, jak mają żyć, nawet kiedy nie stanowili części jej imperium. Niektórzy żywili przekonanie, że nie minie wiele czasu, a te skurwysyny obejmą swoim zasięgiem całą ludzkość. Wszyscy wolni mężczyźni i kobiety, wszyscy renegaci i niezależne kolonie skończą jako niewolnicy Unii i najpewniej nastąpi to nie później niż za kilka lat.

Jeśli do tego dojdzie, będę zmuszony zmienić nazwisko i ścieżkę kariery.

Może zajmę się rolnictwem. Zawsze to lubiłem.

– Proszę posłuchać – zaczęła, ale urwała, patrząc na Lex. Po chwili kontynuowała: – Porozmawiajmy na korytarzu, dobrze?

Wzruszyłem ramionami.

– Jak sobie życzysz, Wasza Świątobliwość.

Wyszliśmy na korytarz, pozostawiwszy to dziwacznie wyglądające albinoskie dziecko w skrzyni.

Nic mu nie będzie. Chyba.

Gdy dziewczynka nie mogła już nas usłyszeć, oparłem się o ścianę i zapytałem:

– No to co to za historia?

– Zanim panu powiem, musi mieć pan świadomość, że może się to na nim odbić. Wszystko, w co jesteśmy wplątane, może uderzyć także w pana.

– Mów – rzuciłem niewzruszony.

– W porządku. W skrócie brzmi to tak – zaczęła mniszka. – Pewien oddział Unii porywa dzieci. Kradnie je ze znanych miejsc, z kilkudziesięciu światów Unii, nawet kilku kolonii pozostających poza jej granicami, i nie jestem pewna, ile pan wie na temat tego rządu, ale...

– Wystarczająco, aby wierzyć, że to, co mówisz, może być prawdą – odparłem, nie wstydząc się nienawiści, jaką darzyłem rząd. Wielokrotnie miałem okazję spotkać funkcjonariuszy Unii. Na ogół oznaczało to, że muszę się uchylać przed strzałami. Dlatego zero ciepłych uczuć.

– To dobrze – ucieszyła się. – Ci ludzie parają się tym od lat. Eksperymenty, jakim poddają te dzieci, są skomplikowane, więc nie będę się wdawać w szczegóły, ale proszę mi wierzyć, Lex ma szczęście, że w ogóle żyje.

– Okej, więc jak się w to wszystko wplątałaś? – zapytałem.

– Ktoś z tamtego wydziału skontaktował się z moją kongregacją. Powiedział nam o dzieciach, a konkretnie o Lex, no i interweniowaliśmy. Z pomocą naszego kontaktu wydostaliśmy ją z ośrodka. Przeleciałyśmy przez dwanaście układów, no i jesteśmy prawie na miejscu.

– Dwanaście układów? To trzy tygodnie w przestrzeni poślizgu. Cały ten czas spędziła w skrzyni?

– Prawie cały. Kilka dni temu trzeba było uzupełnić kriogeniczne paliwo, zatrzymałyśmy się więc na Stacji Taurus. Wynajmowałam pokój do czasu, aż przyjął pan zlecenie.

– Najgorszy błąd, jaki popełniłem w tym tygodniu – burknąłem. – A to mówi samo za siebie.

– Przykro mi to słyszeć.

– Tobie jest przykro? Rozpocząłem tę podróż w towarzystwie jednej stukniętej mniszki, a teraz mam na głowie dzieciaka. Za taką próbę przemycenia pasażera na gapę powinnaś zapłacić mi podwójnie.

– Podwójnie? Mówi pan poważnie?

– Zapłaciłaś za jeden bilet, nie dwa. Mam pozwolić, aby ten dzieciak leciał za darmo? To nie organizacja dobroczynna.

W odpowiedzi na wzmiankę o wyższej zapłacie spodziewałem się gniewu albo jakiegoś wybuchu.

Tyle że spojrzenie miała teraz łagodne i spokojne, nie tak gniewne jak wcześniej. Zdawała się akceptować moje słowa, jakby widziała w nich sens, a może po prostu miała to gdzieś.

– Zabierze nas pan na miejsce, a Kościół zapłaci resztę. Co pan na to?

– Mądre posunięcie z twojej strony – odparłem, oczami wyobraźni widząc dziesięć tysięcy kredytów, które znajdą się na moim koncie na końcu tej podróży.

Niechętnie wrobiłem mniszkę w dodatkowe koszty, ale czując na karku oddech Fratleya, nie miałem większego wyboru. Ostro domagał się spłaty, a mnie kończył się czas.

Dziesięć tysięcy nie pokryje długu, lecz było zdecydowanie lepsze niż pięć.

– Czy to oznacza, że zrealizuje pan zlecenie? – zapytała.

– Nic się nie martw, paniusiu. Dowiozę was tam, gdzie trzeba.

Ty się zatroszcz jedynie o pieniądze. To twoje prawdziwe zadanie. Zdobycie tych kredytów. Rozumiesz?

– Tak, kapitanie. – Zrobiła krok w stronę ładowni.

– Mów mi Jace – rzuciłem.

Bez słowa wróciła do dziewczynki w skrzyni. Albinoski z bieluśkimi włosami i niebieskimi tatuażami, która miała wygląd najbardziej niewinnego stworzenia w galaktyce.

Siedziałem w saloniku ze wzrokiem wbitym w dziewczynkę i jej opiekunkę. Siorbały jakąś przeterminowaną zupę z mojej spiżarni.

Żadna się wiele nie odzywała, a kiedy już to robiły, najczęściej wymieniały się krótkimi szeptami.

Może nie chciały, abym cokolwiek usłyszał, a może były po prostu małomówne. Uznałem, że mi to odpowiada. Lubiłem te chwile pełnej skrępowania ciszy. Przypominały mi, że nie jesteśmy przyjaciółmi.

I dzięki nim zachowywałem czujność.

– Proszę pana, czy wolno mi zająć panu chwilę? – zapytał Sigmond, a jego głos w moim uchu rozbrzmiał niczym ptasie krakanie bladym świtem.

– Koniecznie teraz, Siggy? – warknąłem. – O co chodzi?

Obie spojrzały na mnie zdziwione. Zapomniałem, że głos Sigmonda rozlega się w słuchawce, a nie w wiszących na ścianach głośnikach.

– To tylko powiadomienie z systemu – rzuciłem w ich stronę. – Nic takiego.

Wyraz twarzy Abigail nie uległ zmianie, ale widziałem, że zaciska palce na krawędzi stołu. Na mój nagły wybuch zareagowała zdenerwowaniem. W sumie nic dziwnego, zważywszy na to, przed kim uciekała.

Odchyliłem się na fotelu i splótłszy ręce za głową, popatrzyłem na mniszkę w możliwie najbardziej zrelaksowany sposób.

– Co tam, Siggy? Masz coś dla mnie?

– Zbliżamy się do pierwszego P.W. – rzekła AI. – Mam się przygotować do aktywacji peleryny?

– Jasne. Ostrożności nigdy za wiele – odparłem.

Abigail nie odrywała ode mnie wzroku.

– Wszystko w porządku?

– Zaraz dotrzemy do P.W., więc potwierdzałem ustalenia z AI tego statku. Nic się nie martw.

– P.W.? – zapytała dziewczynka, lekko się ożywiając.

Bolał mnie brzuch. Strasznie byłem głodny. Kiedy ostatni raz coś jadłem? Dziś rano?

– Siggy, zostało nam trochę tego artezyjskiego chleba?

– Obawiam się, że nie, proszę pana.

– Jasny gwint. Gotów się byłem założyć, że tak. No i co ja mam teraz zjeść? Jeszcze więcej zupy?

– Co to jest P.W.? – powtórzyła Lex, wyraźnie nieusatysfakcjonowana.

– To takie miejsce, gdzie statek wydostaje się ze Slipspace – wyjaśniła Abigail. – Trwa to tylko chwilę. Nic się nie martw.

– Prawdę mówiąc, to tylko fragment całości – wtrąciłem, bo chciałem, aby mniszce zrobiło się głupio.

– Lex nie potrzebuje znać pełnej definicji. – Posłała mi znaczące spojrzenie.

Naturalnie zignorowałem ją.

– To się nazywa Punkt Wylotu. Wiesz, co to takiego Slipspace, mała?

Dziewczynka kiwnęła głową.

– No cóż, wykorzystujemy te tunele do przemieszczania się, ale czasami, podczas długich podróży, trzeba opuścić jeden i wlecieć w kolejny. To coś w rodzaju krótkiego postoju. Rozumiesz?

– Chyba tak – odparła Lex.

– No więc musimy po prostu wrócić do normalnej przestrzeni na minutę albo trzy, a potem wskoczymy w kolejny tunel. Nic wielkiego.

– Dlaczego nie możemy używać tego samego tunelu aż do końca podróży? – chciała wiedzieć Lex.

– Dlatego, że nie wszystkie prowadzą w to samo miejsce – wyjaśniłem.

– Och! Czyli to coś takiego jak drogi?

Kiwnąłem głową.

– Jasne, mała. – Pociągnąłem łyk piwa, po czym spojrzałem na Abigail. – Lepiej, żeby po wyjściu z tunelu nie czekały na nas żadne unijne statki.

– Nie spodziewam się niczego takiego. Byłyśmy wyjątkowo ostrożne.

– Niewystarczająco. – Pociągnąłem kolejny łyk. – Ja was rozgryzłem, prawda?

– Dopisało panu szczęście.

– Albo wy okazałyście się nieudolne. – Palce ułożyłem w kształt pistoletu. Wycelowałem w nią i udałem, że strzelam. – Tak czy inaczej to nie ma znaczenia. Liczy się to, że do tego doszło. Zostałyście zdemaskowane.

– Do czego pan zmierza? – zapytała, wpatrując się w moją dłoń.

– Że wszystko się może zdarzyć, pani Pryar. Żadne z nas nie jest tak naprawdę bezpieczne.

W przestrzeni kosmicznej między Stacją Taurus a Arkadią roiło się od różnego rodzaju podejrzanych typków – piratów, przemytników, pustoszycieli i tych, którzy próbowali umknąć uwadze Unii. Innymi słowy: ludzi takich jak ja. Doskonale znałem ten teren, wiedziałem więc, że lepiej nie zatrzymywać się w jednym miejscu na zbyt długo.

Niezliczone zlecenia kazały mi przefruwać przez tę zbitkę układów, co oznaczało, że musiałem być przygotowany na całe mnóstwo niebezpiecznych zdarzeń. Właśnie dlatego zainwestowałem tyle kasy w pelerynę. Kosztowała dwa razy tyle co sam statek, ale straciłem już rachubę, ile razy uratowała mi tyłek. Nie wiem, co bym bez niej zrobił.

Nie minęło dużo czasu, a opuściliśmy tunel i znaleźliśmy się w zwykłej przestrzeni.

– Aktywuję pelerynę – oznajmił Sigmond.

Siedziałem w kokpicie i przy użyciu tropiciela sprawdzałem, kto się tu kręci. Na ekranie pokazało się kilka statków w niedalekiej odległości od nas. Nie było to nic nadzwyczajnego, jako że P.W. często używano jako miejsc odpoczynku, a wędrowni kupcy otwierali tymczasowe sklepiki i sprzedawali swoje towary. Na nieszczęście dla nas nie w tym przypadku.

– Odczytuję trzy statki – powiedziałem, obserwując tropiciela.

– Wygląda na to, że to pustoszyciele – stwierdził Sigmond. – Klasa Amber.

– Czyli małe.

– Mam oddać strzał ostrzegawczy?

– Peleryna na swoim miejscu?

– Tak – odparł Sigmond.

– No to zaczekaj. Pewnie widzieli, jak opuszczamy tunel,

ale nie mogą być na tyle głupi, aby sądzić, że uda im się trafić w statek z peleryną.

– Według mnie ma pan o nich zbyt wysokie mniemanie.

Właśnie miałem powiedzieć Sigmondowi, że nie ma racji, kiedy jeden ze statków wystrzelił na oślep w naszą stronę. Patrzyłem, jak pocisk nas mija i znika w kosmicznej ciemności. Szybkie spojrzenie na tropiciela powiedziało mi, że cała trójka zmierza w naszym kierunku.

– No i proszę – rzekłem.

– Wróg używa generatora hyperionowej tarczy. Ostrzegam, że w przypadku dalekiego zasięgu nasze działa mogą się okazać nieskuteczne.

– Ekstra.

Generatory hyperionowej tarczy były potwornie upierdliwe, bo potrafiły objąć sobą całą flotę statków, razem je wszystkie osłaniając. Będziemy musieli określić, na pokładzie którego z tych trzech statków znajduje się generator, następnie zbliżymy się na tyle, aby oddać celny strzał.

Aktywowałem na chwilę silniki sterujące Zbuntowanej Gwiazdy, żeby nabrać rozpędu, po czym zahamowałem. Gwiazda płynęła przed siebie przez formację wroga, który strzelał na oślep w miejsce, gdzie przed chwilą się znajdowaliśmy.

– Pańskie rozkazy? – zapytał Sigmond.

– Zaczekaj, aż się znajdziemy w zasięgu ich tarczy. Kiedy będziemy wystarczająco blisko, ostrzelaj statek z generatorem.

– Zrozumiano – odparł Sigmond. – Wejście w strefę tarczy wroga za cztery sekundy.

– Tylko nie chyb – mruknąłem. – A zaraz po tym jak ich zdejmiemy, otwórz tunel i gnaj. Słyszysz mnie, Siggy?

– Słyszę, proszę pana.

Odczekałem, aż czerwone światło na pulpicie zmieni się na zielone, co oznaczało, że znajdujemy się wystarczająco blisko. Umieściłem nas na pozycji za statkiem, na wprost rur wydechowych. To był najsłabszy element pustoszycielskiego statku i nasza szansa.

Pojawiło się żółte światło dział oznaczające, że są gotowe.

– Szykuję się do oddania strzałów – powiedział Sigmond.

– Zrób to.

Fotel mi zawibrował, kiedy seria pocisków opuściła działa Zbuntowanej Gwiazdy i trafiła w statek pustoszyciela, rozrywając go na strzępy. Statek eksplodował, a duży jego fragment mało nie trafił w jeden z pozostałych. Obydwa zaczęły się odwracać, a ja w tym czasie ponownie wystrzeliłem prosto w dryfujące szczątki, trafiając we fragmenty zniszczonego statku. Udało mi się jednak także dosięgnąć skrzydła jednego z nich.

– Wypuść jedną z min w te szczątki, Siggy.

– Rozumiem, jaki jest pański plan.

– Rozczarowałbym się, gdyby było inaczej.

Mina została wystrzelona ze Zbuntowanej Gwiazdy i zatrzymała się blisko miejsca, w którym jeszcze przed chwilą znajdował się kokpit zniszczonego statku. Statek wroga ruszył do przodu, aktywując silniki, próbując manewrować między szczątkami unicestwionego kompana. Najwyraźniej uznał, że szczątki pozwolą mu się ukryć, dla mnie to jednak oznaczało, że wyposażono go w kiepskie czujniki i nie potrafił wyczuć pułapki.

Aktywowałem pelerynę i się wycofałem, następnie najszybciej jak się dało uruchomiłem silniki. Opuściwszy strefę szczątków, statek wroga zbliżył się do mojego wcześniejszego położenia, nieświadomy moich działań.

Gdy ponownie uruchomił silniki, mina przylgnęła do kadłuba i się aktywowała.

Eksplozja rozerwała statek na trzy części, przód pozostawiając nienaruszony. Pilot może i nawet przeżyje ten atak, o ile tylko będzie miał szczęście i ktoś ruszy mu na ratunek.

Ale tym kimś na pewno nie będę ja.

Nim zdążyłem się skupić na trzecim statku, trafił we mnie pocisk, ocierając się o bok tarczy. Nic poważnego. Odpowiedziałem dwoma wystrzałami. Pierwszy pocisk doleciał do górnej części kadłuba, nie wyrządzając wielkich szkód, ale drugiemu udało się zniszczyć system obronny, przez co statek stał się bezbronny.

– Wrogie statki rozbrojone – oświadczył Sigmond.

Udało mi się wystrzelić raz jeszcze, kiedy statek odwrócił się w stronę tunelu i wykonał ślizg, następnie zniknął, pozostawiwszy mnie za sobą.

– No proszę – burknąłem.

– Mam ruszyć w pościg? – zapytał Sigmond.

– Nie, niech sobie leci.

Rozległo się walenie do drzwi kokpitu.

– Panie Hughes! – dobiegł zza nich stłumiony głos. – Co tam się dzieje?

– Uspokój się, mniszko – odparłem, ignorując pytanie.

– Brzmiało to tak, jakby coś w nas trafiło. Jesteśmy obiektem ataku?

Wstałem i otworzyłem drzwi. Za nimi stała Abigail z rękami skrzyżowanymi na piersi.

– Paru pustoszycieli próbowało nas zaatakować, kiedy wylecieliśmy ze Slipspace – wyjaśniłem. – Zająłem się tym. Wyluzuj.

– Zająłem się tym? – powtórzyła. – To znaczy zabił ich pan?

- Można to ująć i w taki sposób - przyznałem, stukając się w brodę. - Ale też w taki, że uratowałem wam życie.

- Albo o mało nas pan nie zabił - odparowała.

- Tak czy inaczej nadal żyjemy, a czyż nie to jest najważniejsze? - zapytałem z drwiącym uśmieszkiem. Odwróciłem głowę i zerknąłem na pulpit. - Siggy? Gotowy?

- Czekam w gotowości - odparł.

- No to dawaj.

Poczułem szarpnięcie i razem z Abigail obserwowaliśmy, jak za szybą kokpitu tworzy się wirujące niebieskie światło. Coraz bardziej się rozrastało, kiedy zaczęliśmy w nie wchodzić. Po kilku sekundach znajdowaliśmy się w środku, kierując się w stronę celu naszej podróży.

6

Do Układu Arkadia dotarliśmy niemal punktualnie. Ku mojemu zdziwieniu atak pustoszycieli wcale nas bardzo nie spowolnił.

Kiedy opuściliśmy Slipspace, na twarzy Abigail pojawiła się ulga. Jej misja dobiegała końca. Doskonale znałem to uczucie – bądź co bądź odfajkowałem już tyle zleceń, przekraczając granice z przemycanym ładunkiem, kradnąc cenne przedmioty bogaczom pokroju Emmersona, a nawet eskortując szalone mniszki z jednego końca galaktyki na drugi. Zawsze pojawiało się uczucie satysfakcji, kiedy cel był w zasięgu wzroku. Nigdy nie pozwalałem sobie w pełni się odprężyć, bo to by było krótkowzroczne i po prostu głupie, ale fajna była świadomość, że większą część roboty mam za sobą. Abigail z pewnością czuła w tej chwili, że było warto tak się starać.

Gdy zbliżyliśmy się do planety, kontakt nawiązał przedstawiciel Kościoła.

– Zbliżający się statku, proszę, abyś się przedstawił.

– Ty pierwszy – rzuciłem, uznawszy, że mam ochotę zachować się jak dupek.

– Z tej strony diakon Castiel. Należę do Kościoła Ojczy…

– Dzięki. Przywiozłem waszą mniszkę – oznajmiłem.

– O kim pan mówi? – zapytał Castiel.

– No wiesz, o tej, która ukradła rządowi dziewczynkę i wsadziła ją do zamrażarki. Brzmi znajomo? Mam nadzieję, że tak, w przeciwnym razie będę musiał zawrócić.

Po krótkim milczeniu Castiel odparł:

– T-tak, proszę pana! Najmocniej przepraszam. Proszę wylądować na następujących koordynatach.

– Ależ dziękuję – rzuciłem z przekąsem.

Stuknąłem w stojącą na pulpicie figurkę i patrzyłem, jak biały kask się kołysze.

– Mam poinformować pasażerów o lądowaniu? – zapytał Sigmond.

– W sumie możesz. Tylko przypomnij mniszce, że musi mi zapłacić. – Zawahałem się. – Właściwie sam jej to powiem. Poradzisz sobie z lądowaniem?

– Przecież zawsze sobie radzę, prawda? – odparł.

Wyszedłem z kokpitu i udałem się prosto do saloniku. Abigail siedziała na tapicerowanej ławce, a dziewczynka na ziemi przed nią.

– Hej – odezwałem się i obie podniosły na mnie wzrok. – Pora się zbierać.

– Jesteśmy na miejscu? – zapytała Abigail.

– Sigmond właśnie ląduje. Kiedy drzwi się otworzą, macie być gotowe.

Lex spojrzała na swoją opiekunkę.

– Naprawdę dolecieliśmy?

– Na to wygląda – odparła mniszka.

– Nareszcie! – wykrzyknęła dziewczynka.

Z nagłą energią zerwała się na równe nogi, a oczy jej błyszczały podekscytowaniem.

– Zachowaj to na czas, kiedy opuścisz statek, mała – rzuciłem do niej.

– Wkrótce będziemy gotowe – zapewniła Abigail.

– Świetnie. I nie zapomnij przygotować dla mnie kasy.

– Otrzyma pan swoją zapłatę, panie Hughes. Mogę to panu obiecać.

Zdziwiłem się, kiedy ujrzałem należące do Kościoła lądowisko. Jak na organizację religijną na zadupiu zdecydowanie mieli przyzwoitą infrastrukturę. Aczkolwiek nieco przestarzałą. Przypuszczałem, że liczy kilka dekad, może nawet więcej. Tego rodzaju rozwiązania nadal występowały dość często. Poza terenem Unii niełatwo znaleźć dostawców sprzętu. A nawet jeśli się udało, trzeba im płacić jak za zboże.

– Proszę za mną – powiedział mężczyzna w niemądrym stroju.

Pewnie był jakimś kapłanem. Ubranie miał podobne do Abigail, ale mniej eleganckie. Na jego szyi wisiał naszyjnik z cennymi kamieniami, jakby chciał mi pokazać, że jest kimś wyjątkowym.

– Dokąd? – zapytałem i obejrzałem się na Abigail, która nie bez wysiłku ciągnęła za sobą torbę.

– Rada chce z panem rozmawiać – odparł mężczyzna.

– A wy? – zapytałem mniszkę, ignorując go.

– Lex i ja musimy tam najpierw iść i się przywitać. Mamy to zrobić osobno – odparła sfrustrowana swoim bagażem. Zatrzymała się w końcu i podniosła torbę, po czym zaczęła ją nieść w obu rękach.

Nie zawracałem sobie głowy pytaniem o to, dlaczego Rada chce spotkać się z nami osobno, bo znałem już odpowiedź. Na wypadek gdybym okazał się niebezpieczny albo niegodny zaufania, najpierw musieli przepytać mniszkę.

– Jak sobie chcecie – mruknąłem, po czym spojrzałem na idącego przede mną mężczyznę w długiej szacie. – Co jeszcze możesz mi powiedzieć o tej Radzie, stary?

– Rada nadzoruje wszystkie kwestie związane z Kościołem, łącznie z osobami z zewnątrz. Będzie pan musiał się spotkać z jej członkami, aby omówić kwestię wynagrodzenia, jak również wszelkie inne, które ich będą interesować.

– Nie mam czasu na przepytywanie. Dajcie mi po prostu kasę i już mnie nie ma.

– Jeśli chce pan otrzymać zapłatę, będzie się pan musiał z nimi spotkać.

Lex podbiegła do Abigail.

– Mogę zostać z panem Hughesem?

– Przykro mi, Lex, ale na razie musimy pójść tam same. Poza tym jestem pewna, że kapitan Hughes wolałby to zrobić w pojedynkę.

– I tu masz rację – wtrąciłem.

Lex ściągnęła brwi.

– Pan Hughes jest fajniejszy niż kapłani.

Obejrzałem się na nią.

– Ty też masz rację, mała. Te dziwadła nie rozpoznałyby dobrej zabawy, nawet gdyby ta ugryzła ich w tyłek.

Gdy weszliśmy do budynku, Abigail i Lex skręciły w inny korytarz. Tymczasem ja szedłem za mężczyzną w kiecce. Prowadził mnie przez wielki hol z grubymi kolumnami, przypominający scenę z jakiegoś starego obrazu. Nieczęsto bywałem w takich świątobliwych miejscach, czułem się więc skrępowany. Może sprawiało to moje hedonistyczne podejście do życia, ale nie potrafiłem się oprzeć wrażeniu, że tu nie pasuję.

– Tędy – powiedział eskortujący mnie duchowny, otworzywszy solidnych rozmiarów drewniane drzwi. – Rada zjawi się za godzinę. Do tego czasu proszę czekać.

– Mam tu godzinę siedzieć?

Posłał mu spojrzenie mówiące, że zaczynam go irytować, następnie zamknął drzwi, zostawiając mnie samego. Musnąłem kciukiem rękojeść pistoletu. Nie lubiłem tego typu sytuacji.

Pomieszczenie okazało się okrągłe, a za całe umeblowanie służyły kilka krzeseł i dwa stoły. Usiadłem znudzony za jednym z nich, położyłem nogi na blacie i się odchyliłem.

Nie minęło kilka sekund, a ogarnęła mnie senność. Zamiast z nią walczyć, pozwoliłem sobie odpłynąć. Skoro mam tu siedzieć bezczynnie, równie dobrze mogę się kimnąć.

Dźwięk otwieranych drzwi sprawił, że otworzyłem oczy i chwyciłem za broń.

Bocznymi drzwiami wkroczyła grupka osób w brązowych i srebrnych szatach. Podeszli do stołu na drugim końcu pomieszczenia, zajęli miejsca i wbili we mnie spojrzenia.

– Hej – rzuciłem i machnąłem ręką. Nogi nadal miałem na stole.

– Dziękujemy za pańskie przybycie – odezwała się siedząca pośrodku stołu kobieta z siwymi włosami. Gdybym miał zgadywać, rzekłbym, że dobiega osiemdziesiątki. – Jestem siostra Loralin.

Opuściłem nogi. W stopach poczułem mrowienie, kiedy do palców wróciła krew.

– Miło panią poznać. – W moim głosie nie słychać było entuzjazmu. – Słyszałem, że chcecie pogadać ze mną o moim wynagrodzeniu.

– Zgadza się – odparła i zerknęła na towarzyszące jej cztery osoby. – Chcielibyśmy podziękować panu za pomoc w dostarczeniu naszego ładunku. Słyszeliśmy, że w trakcie podróży napotkał pan pewne problemy.

– Przez ładunek ma pani na myśli dzieciaka, ale owszem, mieliśmy przepychankę z kilkoma pustoszycielami. Mój statek nieźle oberwał, dlatego liczę, że otrzymam odpowiednią zapłatę.

– Siostra Abigail poinformowała nas o waszej umowie. Proszę się nie martwić, zostanie pan odpowiednio wynagrodzony. – Loralin uniosła rękę, pokazując mi niewielki tablet. – Jak pan wspomniał, natrafiliście na pewne problemy, dlatego podwyższymy kwotę. Co pan powie na piętnaście tysięcy kredytów?

– Uczciwa cena – przyznałem.

Stuknęła w ekran.

– Środki zostały właśnie przelane na pańskie konto. Jesteśmy wdzięczni za pańską pracę.

Wyjąłem własne urządzenie i sprawdziłem konto. No i proszę, dodatkowe piętnaście tysięcy.

– Fantastycznie.

– Skoro załatwiliśmy tę kwestię, liczę, że zgodzi się pan wysłuchać kolejnej propozycji.

– Hę? – Podniosłem na nią wzrok. – Jakiego rodzaju propozycji? Macie jeszcze jedno zlecenie?

– W rzeczy samej – odezwał się drugi członek rady. Miał okulary w dużych oprawkach i przyprószone siwizną rude włosy.

– Ile płacicie? – zapytałem, przechodząc od razu do sedna sprawy.

Siostra Loralin zerknęła na swoich towarzyszy.

– Dwa razy tyle, co za poprzednie.

– Trzydzieści tysięcy? – Już od miesięcy nie miałem tak dobrze płatnej fuchy. – Co to miałoby być?

– Potrzebny nam kompetentny pilot ze statkiem obronnym – odparła kobieta. – Ktoś, kto obroni nasz statek, gdyby podróż okazała się ryzykowna.

– Dokąd konkretnie chcecie się dostać? – zapytałem.

Zawahała się.

– Nie pomogę, jeśli mi nie powiecie.

– Epsilon – powiedziała w końcu Loralin.

Od razu rozpoznałem tę nazwę. Układ Epsilon należał do najniebezpieczniejszych w Martwoziemiach. Aby się tam dostać, trzeba pokonać całe mnóstwo problemów.

– Zdajecie sobie sprawę z tego, że ten układ znajduje się na terytorium pustoszycieli, nie?

– Dlatego prosimy pana o pomoc – usłyszałem.

Przez chwilę rozważałem tę propozycję.

– Ile osób będzie w to zaangażowanych?

– Słucham? – zapytała Loralin.

– Jak liczna będzie załoga? Wysyłacie kilkanaście osób? Dwadzieścia? Pięćdziesiąt? Podajcie liczbę.

– Decyzja nie została jeszcze podjęta – odezwał się mężczyzna w okularach.

– Okej, ale pi razy oko?

– Przypuszczalnie od piętnastu do dwudziestu, niemniej ta liczba może się zwiększyć – wyjaśnił.

– Dałoby się ją zminimalizować do czterech albo pięciu?

– W jakim celu? – zapytał.

– Proszę odpowiedzieć. Dałoby się czy nie?

Mężczyzna spojrzał na Loralin, która lekko skinęła głową.

– Pewnie by się dało, gdyby sytuacja tego wymagała.

– To dobrze, bo niemal na pewno tylko w ten sposób może wam się udać.

– Co ma pan przez to na myśli? – zainteresowała się Loralin.

– Nie polecicie swoim statkiem. Skorzystamy z mojego i kropka, a u mnie nie ma miejsca dla tylu ludzi.

Mężczyzna w okularach żachnął się.

– Czemu mielibyśmy użyć tylko jednego statku?

– Wy nie macie peleryny – odparłem rzeczowo. – Ja owszem, a tylko w taki sposób można się przemieszczać po terytorium pustoszycieli bez bycia zauważonym. Zabranie tam czegoś innego to proszenie się o kłopoty.

Oczy Loralin rozszerzyły się.

– Pański statek ma zdolność aktywowania peleryny?

– Ano ma.

Mężczyzna posłał mi zaciekawione spojrzenie.

– Gdzie pan to zdobył? Sądziłem, że dostęp do peleryn ma tylko Unia.

Miał rację. Unia wydawała na obronę więcej niż jakikolwiek inny organ rządzący w galaktyce. Urządzenie do aktywowania peleryny udało mi się zdobyć tylko dlatego, że pożyczyłem od pewnego zbira kupę kasy.

– Nieważne gdzie – oświadczyłem. – Najważniejsze, że to mam, a wy tego potrzebujecie. Zmniejszcie liczebność załogi, a przyjmę ją na swój statek. Zabiorę was tam, dokąd chcecie.

Radni nachylili się ku sobie i zaczęli szeptać. Po krótkiej wymianie zdań Loralin odkaszlnęła i ponownie spojrzała na mnie.

– Jest pan pewny, że nie ma innej opcji?

– Nie ma, chyba że chcecie dać się wysadzić w powietrze – odparłem twardo.

– W takim razie zgadzamy się na pańskie warunki – powiedziała. – Z samego rana rozpoczniemy przygotowania. Zapłacimy panu także trzydzieści tysięcy kredytów…

– Sto tysięcy – przerwałem jej.

Urwała, lecz nawet się nie wzdrygnęła.

– Sto tysięcy?

– Ryzykuję życiem w najbardziej niebezpiecznej części Martwoziem, a wy chcecie dać mi za to trzydzieści tysięcy? Nie myślcie, że nie wiem, kiedy jestem dymany. A wy macie przecież kasę. – Wykonałem zamaszysty ruch ręką. – Rozejrzyjcie się. Nie zachowujcie się tak, jakby nie było was stać.

– Dobrze. – Przystała na nowe warunki bez konsultacji z kolegami. – Sto tysięcy kredytów.

Ta zgoda mnie zaskoczyła. Spodziewałem się negocjacji, a ta kobieta nie próbowała nawet zbić ceny.

Przekląłem się w myślach za to, że nie zażyczyłem sobie więcej. Ale w sumie co tam. Dzięki pieniądzom za tę robotę uda mi się spłacić Fratleya. Wisiał nade mną termin spłaty i nie mogłem sobie pozwolić na bycie wybrednym.

– W porządku, umowa stoi – rzekłem do staruszki i jej kumpli. – Sto tysięcy kredytów za bezpieczny transport do Układu Epsilon. Tam i z powrotem. – Odwróciłem się i zacząłem się kierować ku wyjściu. Gdy tylko dotknąłem klamki, poczułem, że otwiera się od drugiej strony. To był ten sam odziany w długą szatę mężczyzna, który mnie tu przyprowadził. Nim wyszedłem, odwróciłem się w stronę Rady. – A tak w ogóle co to za misja?

– Ma charakter naukowy. Interesuje nas zbadanie pewnych ruin – wyjaśniła Loralin.

– Ruin? – zdziwiłem się. – A niby po co?

– Według nas mają ogromną duchową wartość. Tylko tyle i aż tyle.

– Jak sobie chcecie – mruknąłem, po czym wyszedłem na korytarz, by wrócić do swojej Gwiazdy.

Siedziałem w saloniku i przyglądałem się przez okno terenom za kościelnym budynkiem. Z platformy dokującej, na której stał mój statek, rozciągał się widok na dolinę, która biegła niemal do linii horyzontu. Otaczał ją las z kilkoma niewielkimi stawami, który przecinała rzeka. Zastanawiałem się, czy nie polecieć tam odczepianym wahadłowcem na kilka godzin, choć raz zaczerpnąć świeżego powietrza.

Tyle że nie mogłem zostawić statku bez nadzoru, nie na obcym terenie w otoczeniu nieznajomych z tajemniczymi zamiarami.

Wcale im nie ufałem. Nie dlatego, że miałem coś przeciwko ludziom związanym z religią, lecz po prostu nie wiedziałem o nich praktycznie nic. No i w dodatku mieszkali w takiej izolacji. Ci, co tak robili, mieli najczęściej coś do ukrycia.

I to coś niemałego.

Tak czy inaczej nie poczuję się swobodnie, dopóki nie poznam prawdy.

Słońce schowało się za horyzont, tonąc w tym, co nieznane, niczym spadający kamień w morzu. Obserwowałem, jak niebieskie niebo staje się czarne i pełne gwiazd.

Wraz z nastaniem wieczoru wszyscy porozchodzili się do swoich kwater. Wyszedłem ze statku, po czym wdrapałem się na dach i oparłem głowę o twardy metalowy kadłub.

Przyglądałem się, jak bliźniacze księżyce Arkadii wiszą wysoko nade mną, rozświetlając noc, dołączając do tysięcy gwiazd.

Uniosłem rękę i palcem łączyłem światełka, tworząc nowe konstelacje. Miałem taki zwyczaj, kiedy docierałem do nowych światów, oczywiście jeśli sytuacja na to pozwalała.

Narysowałem palcem statek, który nieco przypominał kształtem Zbuntowaną Gwiazdę. Znalazłem twarz kobiety i nadałem jej imię Julia, po mojej matce. Gdy wpatrywałem się w jej oczy, myślami powróciłem do dawnych lat.

Gdy zacząłem odpływać, a umysł spowijała mi senna mgła, dostrzegłem sylwetkę mężczyzny oddalającego się ku ciemnej nocy. Niemal słyszałem głos Julii krzyczącej, aby został. Dokąd idziesz? – zdawała się pytać. Dlaczego musisz odejść?

7

Śniło mi się, że stoję na polu za pługiem, lekko ubrany w ciepłym słońcu. Rok okazał się urodzajny i farma będzie go mogła zaliczyć do udanych. Miałem ładną żonę i dwoje dzieci, których bardzo kochałem. Silnego chłopca i śliczną dziewczynkę. Oboje byli tu ze mną w polu, pomagając ojcu, wypełniając swoje obowiązki.

Dokończyliśmy to, co musieliśmy, i zmęczeni pracą udaliśmy się do domu, gdzie usiedliśmy wokół dużego stołu. Zjadłem kromkę chleba i wypiłem kieliszek wina, a tymczasem moi bliscy śmiali się i przekomarzali. Gdy słońce zaczęło się chylić ku zachodowi, pomyślałem, że mam dobre życie. Zastanawiałem się, jak mógłbym kiedykolwiek pragnąć czegoś więcej.

Wtedy się obudziłem, trzęsąc się w zimnym wietrze wczesnego świtu. Przez chwilę nie wiedziałem, gdzie się znajduję i jak się tu dostałem. Dlaczego nie leżałem w łóżku? I co to za budynek przede mną? Dlaczego wyglądał tak archaicznie?

Szybko wróciły wspomnienia, zastępując sny rzeczywistością. Przypomniałem sobie pobyt na Stacji Taurus i robotę od Olliego, spotkanie w ładowni mojego statku z Abigail Pryar i odkrycie zamrożonej dziewczynki w skrzyni. Przypomniałem sobie tarapaty, w jakich się znalazłem na jednym z P.W. W końcu przypomniało mi się, jak wylądowałem na tej planecie i zasnąłem na dachu statku pod tym obcym niebem. Wszystko wróciło do mnie w mgnieniu oka, lecz przez ten ułamek sekundy, pomiędzy snem a jawą, znajdowałem się w zupełnie innym miejscu.

Nie minęło wiele czasu, a znowu byłem sobą.

To właśnie w takiej chwili ludzie są najbardziej bezbronni, przez kilka sekund, kiedy nie są do końca pewni tego, kim są ani co się dzieje. Szczerze tego nie znosiłem.

– Dobrze pan spał? – zapytał Sigmond, mówiąc mi do ucha.

Jęknąłem, cały zesztywniały po nocy spędzonej na twardym metalu.

– Zaparz mi mocną kawę, dobrze, Siggy?

– Już się biorę do pracy.

Przebrałem się, uraczyłem kubkiem płynnej kofeiny, po czym udałem się na front stacji dokującej, poniżej Gwiazdy.

Wkrótce na platformie zaroiło się od ludzi. W pobliżu mojego statku stały dwa inne i przyglądałem się, jak grupa inżynierów przystępuje do napraw.

Jeśli chodziło o siłę ognia, Gwiazda zdecydowanie je przewyższała. Te statki to modele Master Class, co oznaczało, że w istocie są szybkie. Tutaj, na Martwoziemiach, inwestowało się albo w broń, albo w prędkość. A jeśli stać cię było na jedno i drugie, mogłeś się uważać za szczęściarza.

Ja zainwestowałem w swój statek fortunę, co mnóstwo razy uratowało mi skórę. Nie żałowałem ani jednego wydanego kredytu.

Drzwi prowadzące do holu otworzyły się i na dwór wyszły

Abigail i Lex. Dziewczynka się uśmiechnęła, kiedy zobaczyła, jak stoję na platformie, piję kawę i drapię się po brzuchu.

– Dzień dobry, panie Hughes – przywitała się Lex, podszedłszy bliżej.

Obie były ubrane znacznie swobodniej niż wcześniej, zwłaszcza Abigail. Tym razem nie miała na sobie kościelnej tuniki, lecz koszulę i spodnie w stylu unijnym, strój kobiety pracującej. W końcu mogłem zobaczyć, jaką szczupłą ma talię i jędrne ramiona. Lex z kolei założyła kolorową koszulkę z jakąś postacią z kreskówki.

– Witam panie – rzuciłem. – Nie wiedziałem, że lecicie.

Abigail obdarzyła mnie spojrzeniem pełnym konsternacji.

– Naturalnie. Nie powiedziano panu?

– Wiem tylko tyle, że mam zabrać jakichś duchownych do Epsilonu.

– Nie duchownych, kapitanie. Eskortować będzie pan nas dwie i troje naukowców. – Zawahała się. – Cóż, dwoje jest archeologami. Trzeci to badacz.

– Wyglądasz inaczej – stwierdziłem, zmieniając temat.

– Obecna sytuacja wymaga czegoś innego.

– A wcześniej co ci kazało mieć na sobie strój mniszki?

– Ludzie zadają mniej pytań członkom Kościoła – wyjaśniła. – Ale, co miał pan okazję widzieć, tamten strój utrudnia walkę. Nie mamy pojęcia, co nas czeka na Martwoziemiach. Musimy być przygotowani.

– Nie jesteś normalną mniszką, prawda? – zapytałem, mierząc ją wzrokiem.

– No ale jednak mniszką. – Po tych słowach mnie minęła.

Lex podbiegła do mnie z szerokim uśmiechem.

– Panie Hughes, mogę się pobawić z Sigmondem?

– Jasne, mała – odparłem. – Idź i skop mu tyłek.

Klasnąwszy w dłonie, wbiegła na platformę, a stamtąd na statek.

– Sigmondzie, jesteś tam? – usłyszałem, jak pyta.

W tym momencie jedne z pobliskich drzwi się otworzyły i do hangaru weszły dwie osoby – mężczyzna i kobieta. Po nawiązaniu ze mną kontaktu wzrokowego ruszyli w moją stronę.

– Dzień dobry panu – przywitał się potężnie zbudowany mężczyzna w okularach i z jasnymi przerzedzającymi się włosami. Zupełnie nie wyglądał jak pozostali duchowni. – Nazywam się doktor Thadius Hitchens. Jestem tutejszym archeologiem. Miło pana poznać.

– Hitchens? – powtórzyłem.

– Zgadza się. A to moja współpracownica Octavia Brie. Będziemy towarzyszyć panu i siostrze Pryar. Obiecuję, że nawet się pan nie zorientuje, że ma nas na pokładzie. – Zaśmiał się. – To znaczy dopóki nie wylądujemy. Wątpię, abyśmy byli w stanie powstrzymać ekscytację, kiedy już dotrzemy na wykopaliska.

– Na co???

– Wykopaliska – odparł Hitchens. – Nikt nie przekazał panu szczegółów dotyczących naszej podróży?

– Wiem tyle tylko, że zabieram was do Epsilonu.

– Bo tak jest – przytaknął grubas. – Ale to nie wszystko. Naprawdę o niczym pana nie poinformowano?

– No dobra, to może wnieście do statku swoje rzeczy. Szczegółami możecie mnie zanudzać, jak już będziemy w drodze.

– Oczywiście. Chodź, Octavio. Zróbmy, o co nas prosi miły kapitan.

Octavia kiwnęła głową, po czym dwoje archeologów udało się w stronę ładowni.

Zacząłem iść za nimi, zatrzymał mnie jednak dźwięk otwieranych drzwi. Obejrzałem się i ujrzałem biegnącego w moją stronę młodego mężczyznę. W przeciwieństwie do całej reszty miał na sobie szaty duchownego. Jedyną różnicą był jego wiek. Nie mógł mieć więcej niż dwadzieścia lat.

– Zaczekajcie! Nie odlatujcie!

Zatrzymałem się i skrzyżowałem ręce na piersi.

– Co znowu?

– Najmocniej przepraszam! – wydyszał młodzieniec, biegnąc z torbami w rękach.

– A ty coś za jeden? Kościelny przedszkolak?

– Brat Fred... Frederick... Tabernacle... – wydyszał. – Przepraszam... że musiał pan czekać.

– Ja nie czekałem. Zamierzałem cię po prostu zostawić – stwierdziłem.

– W takim razie bardzo się cieszę, że zdążyłem.

– Po prostu masz szczęście, że puściłeś się biegiem, Freddie. Jeszcze dwie minuty i już by mnie tu nie było.

Zbuntowana Gwiazda wystartowała z kościelnego lądowiska i zaczęła się wznosić ku zachmurzonemu niebu. Kazałem Siggy'emu poinformować pasażerów o tym, że co najmniej przez godzinę mają pozostać w swoich kabinach. Atmosferę opuścimy dużo wcześniej, ale nie musieli o tym wiedzieć.

Minęliśmy orbitę po niecałym kwadransie, a krótko po tym wlecieliśmy do Slipspace. Nim dotrzemy do Układu Epsilon, będziemy musieli zmienić tunele co najmniej siedem razy. Jeśli wszystko pójdzie po mojej myśli, nie pojawią się większe problemy.

Wyszedłszy z kokpitu, postanowiłem coś przekąsić, nim świątobliwe grono opuści swoje kabiny. Zupa i chleb w moim ulubionym fotelu.

– Mogę też dostać? – usłyszałem nagle.

Obejrzałem się i zobaczyłem stojącą w drzwiach Lex.

– A ty czemu wyszłaś z pokoju? – zapytałem.

Przestąpiła z nogi na nogę, po czym wzruszyła ramionami.

– Poczułam jedzenie i zgłodniałam.

– No i?

Nie odrywała wzroku od mojej miski.

– No dobra. – Odstawiłem miskę na stół. – Mam więcej.

Z uśmiechem podbiegła do stołu i na widok jedzenia zachichotała. Wstałem, odgrzałem jeszcze jedną porcję, po czym dołączyłem do Lex.

– Dziękuję!

– Jedz. – Zanurzyłem kawałek chleba w parującej zupie.

Przez chwilę się przyglądała, jak pozwalałam, aby chleb rozmiękł, następnie próbowała mnie naśladować. Wyjąłem chleb i na niego podmuchałem. Zrobiła to samo, a potem odgryzła kawałek. Oczy jej rozbłysły.

– Mmm!

– Pomidory – wyjaśniłem. – Drożyzna, więc lepiej nie narzekaj, w przeciwnym razie…

– Jakie pyszne – wymamrotała i wzięła kolejny kęs.

Patrzyłem, jak wącha jedzenie.

– Kurde, mała. W ogóle cię tam nie karmili?

Próbowała coś powiedzieć, lecz w ustach miała za dużo jedzenia. Kiedy przełknęła, wyrzuciła z siebie:

– Karmili, ale jedzenie było niedobre.

– Co ci dawali?

– Coś niefajnego. Smakowało jak ziemia – wyjaśniła.

Kiwnąłem głową, po czym sam także przełknąłem łyżkę zupy. Siedzieliśmy tak razem, jedząc i niewiele się odzywając. Kiedy się pochyliła, aby zamoczyć w misce kolejny kawałek chleba, dostrzegłem niebieski tatuaż na jej szyi. Przyglądałem mu się z ciekawością. Co za idiota wytatuował taką małą dziewczynkę? Niektórzy ludzie doprawdy mieli tupet.

– Nie wiem, co to takiego – odezwała się nagle.

Jej słowa mnie zaskoczyły.

– Hę? – Zamrugałem, a ona spojrzała mi w oczy.

Wskazała na tatuaż.

– Chce pan wiedzieć, co to jest, prawda? Wszyscy zawsze pytają. Dlatego byłam w tamtym miejscu, zanim Abby mnie znalazła. Tamci ludzie też chcieli wiedzieć, co to takiego.

– To tatuaż, dobrze myślę? – zapytałem.

Kiwnęła głową.

– Oni tak to nazwali. Lekarze.

– Lekarze?

– Byli niedobrzy, ale Abby ich powstrzymała – mruknęła, biorąc kolejny kęs. – Nie chcę tam nigdy wrócić.

– Skąd masz ten tatuaż?

Pokręciła głową.

– Nie pamiętam. Czasami myślę, że mam go od zawsze.

– Od zawsze? Ktoś przecież musiał ci go zrobić.

Zamiast odpowiedzieć, skupiła się na jedzeniu.

Te znaki nie układały się w żaden znajomy wzór. Czy to było swego rodzaju oznaczenie, podobne do tych, którymi hodowca znaczył swój inwentarz? Po to, aby w razie ucieczki Unia mogła ją łatwiej znaleźć? Może właśnie dlatego mniszka schowała ją do skrzyni, żeby nikt nie zobaczył tatuażu i tego nie zgłosił? Ale czyż nie istniały prostsze sposoby na namierzenie kogoś niż tatuaż? No i dlaczego Abigail nie zasłoniła go po prostu jakimś materiałem? Czemu nie zabrała jej do pokątnego chirurga, aby to usunąć?

Nie, musiało chodzić o coś więcej. O coś, czego pozostawałem nieświadomy.

Lex dojadła zupę, po czym wbiła wzrok w pustą miskę.

– Chcesz dokładkę? – zapytałem, dostrzegając w jej oczach głód.

Spojrzała na mnie nieśmiało.

– Mogę?

– Jasne, mała. – Wstałem i udałem się do automatu z jedzeniem. – Ale zrób coś dla mnie, okej?

– Okej.

– Kiedy następnym razem będziesz coś chciała, po prostu zapytaj. Nie czekaj, aż ci to dam.

– Coś takiego nie będzie niegrzeczne?

Roześmiałem się.

– Mała, wiem, że za opiekunkę masz mniszkę, ale uwierz mi, ta galaktyka nie jest stworzona do tego typu rozmów.

– Nie?

Nalałem świeżą porcję zupy i postawiłem ją przed Lex.

– W tym życiu aby przetrwać, trzeba brać to, czego się potrzebuje. Donikąd cię nie zaprowadzi przejmowanie się uczuciami innych ludzi. Rozumiesz, co mam na myśli?

– Aha – odparła, wpatrując się w miskę z parującą zupą. – Dzięki, panie Hughes.

– Co za widok – stwierdził Hitchens, wyglądając przez okno Zbuntowanej Gwiazdy. – Nigdy mi się nie znudzi.

Miał oczywiście na myśli tunel ślizgu i musiałem przyznać,

że wcale mu się nie dziwię. Ściany tutaj zawsze były takie jasne i kolorowe i przecinały je przypadkowe linie wyglądające jak błyskawice.

Przyjrzałem się obserwującej to grupce pasażerów. Widok ignorowała tylko Abigail, najpewniej dlatego, że przez kilka miesięcy latała od jednego układu do drugiego. Przypuszczalnie miała już tego dość.

– Co się stanie, jeśli się z nią zderzymy? – zapytała Lex, wskazując na ścianę tunelu.

– Same niedobre rzeczy – odparł Fred, który był taki młody, że mógłbym być jego… cóż, może nie ojcem, ale na pewno dużo starszym bratem.

– Na przykład jakie? – nie ustępowała dziewczynka.

Chłopak przez chwilę się zastanawiał.

– Wyobraź sobie, że Slipspace to rzeka, Lex. W tej chwili płyniemy z prądem, więc jest nam dość łatwo. Jeśli jednak będziemy się za bardzo wiercić, możemy wpaść do innego strumienia. Jeśli ten strumień będzie płynął w przeciwnym kierunku, te dwa prądy mogą rozerwać statek na kawałki.

– Och – bąknęła Lex i miałem pewność, że nie zrozumiała tych wywodów.

– Oczywiście istnieją także inne kwestie – kontynuował Fred. – Nie zawsze korzysta się w trakcie podróży z tych tuneli. One są po prostu najszybszym sposobem na pokonywanie dużych odległości, o tym jednak możemy porozmawiać innym razem.

Tracił czas, próbując wyjaśnić dziecku podróże z prędkością szybszą od światła, ale kim byłem, aby się wtrącać? Może coś z tych wyjaśnień jednak do niej trafi.

– Słuchajcie, turyści – odezwałem się. – Za chwilę dotrzemy do kolejnego P.W. Może byście usiedli?

– Oczywiście, kapitanie Hughes – odparł Hitchens z wesołym uśmiechem.

– Wystarczy, Jace, doktorku.

Grupka dołączyła do Abigail; wszyscy zajęli miejsca w saloniku i zapięli pasy. Fred musiał pomóc Lex, ale po kilku sekundach wszyscy byli już zabezpieczeni.

Wróciłem do kokpitu, aby zrobić to samo.

– Siggy, jesteśmy gotowi?

– Wylatujemy za pięć sekund – odparła AI.

Po opuszczeniu tunelu zwolniliśmy i aktywowała się peleryna. Przygotowanie do otwarcia kolejnego trwało cztery minuty, więc wyjąłem z kieszeni landrynkę – tym razem o smaku pomarańczy – i odwinąłem ją z papierka.

Czekałem spokojnie, aż Siggy mnie poinformuje o gotowości do kolejnego skoku, obserwując przy tym cyfrowe obrazy z porozmieszczanych na statku kamer. Jeden z nich pokazywał nadal otwarty wlot do poprzedniego tunelu.

Wewnątrz migały odcienie błękitu i zieleni i nie zanosiło się na to, aby przestały. Czekałem, nic się jednak nie działo. Tunel się nie zamykał.

– Siggy – odezwałem się po ponad minucie obserwacji.

– Tak, proszę pana?

Oparłem się o pulpit, wpatrując się w obraz.

– Dlaczego tunel jeszcze się nie zamknął? Znajdujemy się zbyt blisko?

– Nie wydaje mi się, proszę pana. Odlecieliśmy na tyle daleko, że nasze położenie nie powinno mieć na to żadnego wpływu.

– No to co się dzieje? Dlaczego tunel się nie zamknął?

– O ile nie doszło do jakiejś anomalii, przyjąłbym hipotezę, że za chwilę się zjawi drugi statek – powiedział rzeczowo Sigmond.

– Drugi statek? – zapytałem.

– Biorąc pod uwagę dostępne dane, taki scenariusz wydaje się najbardziej prawdopodobny, proszę pana.

– Jesteśmy blisko jakichś stacji kosmicznych? Kolonii?

– Nie, proszę pana. Chyba że została utworzona w ostatnich trzech tygodniach, czyli czasie, który upłynął od mojej ostatniej aktualizacji.

Zastanawiałem się, czy nie przenieść Gwiazdy w bezpieczniejszą lokalizację – może za jakąś asteroidę albo księżyc – ale nie było powodu do paniki. Na razie. To mogło być cokolwiek.

– Zainicjuj następny ślizg, Siggy. Zabierz nas stąd.

– Już się robi – odparł.

Peleryna zniknęła i Siggy aktywował odpowiedni napęd, otwierając kolejny tunel. Chwilę później znajdowaliśmy się już w środku.

Nie byłem typem panikarza, dlatego nie wyciągałem pochopnych wniosków związanych z tym, kto leci za nami. Najprawdopodobniej nikt. Może po prostu transportowiec albo statek w drodze na jakąś planetę. Tak czy inaczej nie miało to nic wspólnego ze mną, więc nie było powodu do obaw.

A przynajmniej tak sobie wmawiałem.

8

Rozległo się pukanie do drzwi i otworzyłem oczy.

– Kapitanie, jest pan tam? – usłyszałem głos.

Spojrzałem na zegar. I się zdziwiłem, bo się okazało, że spałem prawie sześć godzin. Kiedy miałem na pokładzie pasażerów, zazwyczaj nie zasypiałem na tak długo.

– Kto tam? – zapytałem.

Usiadłem i się obróciłem, spuszczając nogi na ziemię.

– Frederick, proszę pana.

– Czego chcesz, Fred? – Sięgnąłem pod łóżko po dzbanek z wodą, aby się napić.

– Chciałbym porozmawiać, jeśli ma pan wolną chwilę.

Wstałem i otworzyłem drzwi. Był ode mnie nieco niższy. W tym wieku pewnie jeszcze rósł.

– O co chodzi? – zapytałem, biorąc łyk wody.

Otworzył szeroko oczy.

– Nie powinien pan się ubrać?

Zerknąłem na swoje ciało i zachichotałem.

– Ups!

Fred się odwrócił.

– Najmocniej przepraszam!

Podniosłem z ziemi spodnie.

– Nic się nie stało. O co chodzi?

– Musiałem się upewnić, czy wie pan, na czym polega nasza misja po dotarciu na miejsce.

Zapiąłem pasek, po czym wziąłem do ręki koszulę.

– A czy to ważne?

– Czy to… ważne? – powtórzył.

– Z tego, co mi wiadomo, jestem tylko waszym środkiem transportu. Zwykłym taksówkarzem.

– Tak panu powiedziano? – zapytał i zerknął między palcami, czy jestem już ubrany.

Uniosłem brew.

– Mniej więcej.

– Och. – W końcu na mnie spojrzał. – Raport, w którego jestem posiadaniu, twierdzi, że po wylądowaniu ma pan do nas dołączyć. Pańskie usługi zabezpieczające mają wykraczać poza ściany tego statku.

– Chcesz powiedzieć, że te świętoszki oczekują, że będę także waszym ochroniarzem?

– Wespół z siostrą Abigail – potwierdził. – Oprócz niej nikt w naszym Kościele nie ma doświadczenia w walce. Ale nie ma się czym martwić. No chyba że tamtejszą fauną. Nie mieszkają tam żadni ludzie. – Zawahał się. – To znaczy już nie.

Pomyślałem o umowie z Loralin. Ani słowem nie wspomniała o zapewnianiu ochrony tym ludziom.

– Nie taka była umowa – oświadczyłem. – Dzwoń do szefowej i powiedz jej, że będę chciał za to więcej pieniędzy.

– Więcej pieniędzy? – zapytał.

– A co? Martwisz się, że odmówią?

– Nie chodzi o to – zapewnił mnie. – Tyle że jesteśmy już dawno poza zasięgiem. Kościół nie ma na wyposażeniu wysokiej jakości systemu komunikacyjnego. Komunikacja jest możliwa wyłącznie w obrębie sąsiednich układów.

Posłałem mu wymowne spojrzenie.

Uniósł ręce.

– Ale proszę się nie martwić! Jestem pewny, że po powrocie wyrażą zgodę. Mogę mówić w pańskim imieniu.

– Powiedz im, że chcę dodatkowe dziesięć tysięcy. Rozumiesz?

– Okej. – Kiwnął głową.

Wyszczerzyłem się. Ta umowa z każdą chwilą stawała się coraz bardziej korzystna.

– No dobra, młody. O czym chciałeś ze mną pogadać?

– A właśnie. – Wyraźnie się ożywił. – Chciałem po prostu zaznajomić pana z kilkoma faktami. Dotyczącymi konkretnie fauny i flory. Może są nie do końca przyjazne, ale o ile tylko będziemy się trzymać trasy nakreślonej przez doktora Hitchensa, nic nam się nie powinno stać.

Podał mi tablet z wyświetloną mapą. Wyglądało na to, że odległość między miejscem lądowania a punktem docelowym nie jest duża. Może ze dwie godziny marszu.

– Okej – powiedziałem, oddając mu tablet.

– Miejsce, do którego się wybieramy, leży w górach. Można powiedzieć, że to coś w rodzaju jaskini, tyle że niestworzonej przez naturę.

– Jakieś ruiny? – zapytałem.

– Właśnie tak. Są w stanie takiego rozkładu, że stanowią teraz część podłoża. Zapadły się w ziemię. Nie spodziewamy się żadnych niebezpiecznych sytuacji, ale na wszelki wypadek lepiej mieć kogoś, kto się zna na obronie. Zakładam, że możemy na panu polegać, kapitanie.

– To akurat nie powinno być problemem. – Wskazałem na leżącą na komodzie broń w kaburze. – Jestem dobrym strzelcem.

Krótko po tym, jak znaleźliśmy planetę będącą celem naszej podróży, poleciłem Sigmondowi, aby nas opuścił na miejsce lądowania – to, o którym mówił Fred.

Polana, a raczej łąka między dwoma lasami, była na tyle płaska, że lądowanie okazało się bezproblemowe. Opuściliśmy statek, a Sigmondowi kazałem aktywować pelerynę, bo po co niepotrzebnie ryzykować.

Stojący obok drzwi do ładowni Hitchens stuknął mnie w ramię. Miał na głowie duży, durny kapelusz, podejrzewałem jednak, że nie zdaje sobie sprawy z tego, jak idiotycznie w nim wygląda.

– To cel naszej podróży, kapitanie – rzekł, wskazując na widniejącą po stronie wschodniej górę z ośnieżonym szczytem.

– Mam nadzieję, że nie będziemy się na nią wspinać – mruknąłem.

– O nie. – Hitchens zachichotał. – W życiu bym nie dał rady. Nie, musimy jedynie dotrzeć do podnóża. Dla kogoś pańskiego pokroju, kapitanie, to będzie spacerek. Dla mnie niekoniecznie.

Zgodnie z jego wytycznymi ruszyliśmy przez las. Broń miałem w gotowości. Nie zapomniałem także o słuchawce, na wypadek gdyby Sigmond wychwycił jakieś nieprzyjazne ruchy, na ziemi bądź w kosmosie.

W trakcie marszu mijaliśmy całe mnóstwo filarów, w sposób oczywisty wzniesionych przez człowieka. Większość była wyblakła i rozpadająca się, niemniej pojawiło się też kilka wysokich. Z tego, co udało mi się dojrzeć, wyryto na nich jakieś teksty, jednak całe wieki deszczu uczyniły je niemal niemożliwymi do odszyfrowania.

Ciekawe, jaki był cel tych struktur. Czy znajdowało się tu kiedyś jakieś miasto? A może te filary stanowiły jedynie przedłużenie czegoś o wiele większego, ukrytego pod trawą i piachem, po których szliśmy? Próbowałem wyobrazić sobie miasto pod moimi stopami i wszystkie jego utracone na zawsze skarby.

W tej chwili nie miało to już żadnego znaczenia. Ci, którzy to wznieśli, dawno temu odeszli, zapomniani tak samo, jak tylu przed nimi. Taka już była cena życia.

W oddali rozległo się głośne wycie, dochodzące gdzieś zza lasu.

– Słyszeliście? – zapytał Fred, rozglądając się.

– To tylko zwierzęta – odparłem, nie zatrzymując się. – Chodź.

– A jeśli nas zaatakują? – Pobiegł za mną.

– Zawsze możemy je zastrzelić.

– W trakcie pobytu tutaj wolałbym uniknąć zabijania czegokolwiek – odezwał się doktor Hitchens. – Aczkolwiek musimy pamiętać, że na pierwszym miejscu znajduje się nasze bezpieczeństwo.

– Ten facet ma łeb na karku – orzekłem, wskazując kciukiem na okrągłego naukowca.

Zachichotał.

– Jestem zagorzałym obrońcą przyrody, ale też pragmatykiem.

Zastukałem w swój pistolet.

– To jest nas dwoje, doktorku.

Dotarcie do góry zabrało nam ostatecznie kilka godzin. Gdy znaleźliśmy się bliżej klifu, ziemia stała się twarda, gdyż miękkie podłoże zastąpiły kamienie.

Lex potknęła się i upadła, napędzając strachu połowie grupy. Abigail natychmiast do niej podbiegła; na twarzy mniszki malowały się strach i panika. Dziewczynka poobijała się trochę o skały, ale skończyło się to tylko zdartym kolanem. Spodziewałem się, że jak każde dziecko zacznie płakać, jednak ku memu zdziwieniu dziewczynka po prostu wstała i szła dalej, jakby nic się nie stało.

Podejrzewałem, że przebywanie w niewoli przyzwyczaiło ją do radzenia sobie z bólem, nie zamierzałem jednak jej o to pytać. Ból to coś osobistego. Najlepiej pozwolić, aby znoszono go w milczeniu.

Wkrótce zatrzymaliśmy się przed wejściem do jaskini, otoczeni grawerowanymi filarami. Pierwszy do jaskini zszedł Hitchens, podtrzymywany przez swoją asystentkę Octavię. Z pistoletem w ręce szedłem zaraz za nimi.

Dotarliśmy do dna, aczkolwiek trudno było mieć pewność.

– Chwileczkę – powiedział doktor i wyjął jakieś niewielkie urządzenie.

Kiedy je włączył, zaczęło emitować światło tak jasne, że rozproszyło większość jaskiniowego mroku. Nagle zobaczyłem wszystko, co nas otaczało – kilkanaście skrywających się pod ziemią maszyn, bezużytecznych i od dawna zardzewiałych. Nad głowami mieliśmy skały i stalaktyty. Bez względu na to, czym swego czasu było to miejsce, przyroda ponownie je zaanektowała, łącząc kamień z metalem.

– Możecie zejść! – zawołał Hitchens do pozostałych.

Po chwili dołączyli do nas Lex, Abigail i Fred.

– Daleko jeszcze? – chciała wiedzieć Lex.

– Już nie – odparł Hitchens. – Zaraz tam dotrzemy.

Ruszyliśmy za doktorem, który szedł, ignorując mijane maszyny. Najwyraźniej to, czego szukał, było znacznie od nich ważniejsze.

Zacząłem dostrzegać szczątki zwierzęcych gniazd uwitych z gałązek, drutów i metalu. W gniazdach leżały skorupy jaj, całe pokryte kurzem.

Przeszliśmy przez dwa długie korytarze i ku memu zaskoczeniu na ścianach i we wnętrzach maszyn co rusz widać było światełka. Jakimś cudem te urządzenia pozostawały aktywne i sprawne, tyle że i tak nie miałem pojęcia, do czego służą.

– Tędy – rzekł Hitchens, kierując się ku kolejnemu otworowi.

Na ziemi obok wejścia do pomieszczenia leżały drzwi, popękane i na wpół zatopione w ziemi. Były grube i metalowe, zbyt duże, aby je usunąć.

Doktor oświetlił środek pomieszczenia, wyłaniając z ciemności stół i, jak mi się wydawało, mapę nieba – półokrągłe urządzenie z siatką na górze. Z boku migało małe światełko. Obok stołu zobaczyłem połączony z urządzeniem fotel.

– Co to za miejsce? – mruknąłem.

– Nazywamy je Kartografem – odparł Hitchens.

Podszedł do znajdującej się najbliżej konsoli, całej zakurzonej, niemniej sprawnej. Wyjął z torby niedużą kartę i położył ją na urządzeniu.

Światełko przestało migać i z niebieskiego stało się szmaragdowozielone. Okrągła siatka na środku stołu zamigotała, po czym cała się rozświetliła.

– No i proszę – rzekł doktorek.

Wpatrywaliśmy się w uruchomione urządzenie. Przed oczami

mieliśmy hologram całej galaktyki – w ciągu zaledwie kilku sekund pojawiło się dwieście miliardów gwiazd.

Wyciągnąłem szyję, aby zobaczyć obraz w pełnej jego krasie.

– Przebyliście taką drogę dla mapy galaktyki?

– Oczywiście, że nie – odparła Abigail.

Hitchens gestem przywołał Lex.

– Moja droga, usiądź, proszę, tutaj.

Lex kiwnęła głową i podeszła do stareńkiego rozkładanego fotela. Kiedy na nim usiadła, okazało się, że nie dotyka stopami podłoża. Odchyliła się i popatrzyła na skalisty sufit.

– Fantastycznie – ucieszył się Hitchens.

Do dziewczynki podeszła Abigail i wzięła ją za rękę.

– Wszystko będzie dobrze. Doskonale sobie radzisz.

– Okej. – Lex się uśmiechnęła.

Hitchens wpisał do konsoli jakąś komendę i usłyszałem kliknięcie, jakby coś się uruchomiło.

– Polecenie przyjęte – odezwał się nieznany mi kobiecy głos.

– A to, u licha, co? – zapytałem, wyciągając z kabury pistolet.

– Spokojnie – powiedziała Abigail. – To tylko komputer.

– Och. – Schowałem z powrotem broń.

– Nie jest tak wyrafinowana jak wasza standardowa AI – wyjaśnił Hitchens. Wpisał coś do konsoli. – Sprawdźmy, czy możemy po prostu…

– Polecenie przyjęte – rozległ się głos.

– No i proszę – uśmiechnął się naukowiec. Obrócił się na krześle i spojrzał na Lex. – Nie ruszaj się, moja droga.

– Dobrze – zgodziła się Lex.

Spod fotela emitowane było światło i przyglądałem się, jak się przemieszcza od jej głowy w stronę stóp, a potem znowu do góry. W końcu się zatrzymało tuż poniżej szyi.

– Zidentyfikowano znacznik – powiedział głos. – Inicjuję od-
zyskiwanie danych.

Lex spojrzała na Abigail, która nadal trzymała ją za rękę.

– Już prawie koniec – zapewniła ją mniszka.

Hologram zamigotał, po czym na chwilę zniknął, jakby się re-
setował. I wrócił. Nagle ciąg gwiazd zmienił się z białych na czerwone, tworząc jedną linię – jej początek znajdował się w miejscu,
gdzie obecnie przebywaliśmy, a dalej linia biegła przez pół galaktyki.

Światło pod Lex przygasło i dziewczynka wyraźnie się rozluźniła.

– Proces zakończony – oznajmił głos.

Wszyscy wpatrywali się w mapę nieba.

– Mamy to! – wykrzyknął Fred. Klasnął w dłonie. – Po tylu la-
tach w końcu się udało!

– Wygląda na to, że warto było czekać – orzekł Hitchens.
Popatrzyłem na nich.

– Czy ktoś mi może powiedzieć, co się właśnie stało?
Co to za urządzenie?

– A to nie oczywiste? – zapytała Octavia, do tej pory raczej
milcząca. – Mapa.

– Przelecieliście taki kawał drogi z powodu mapy?

– Kapitanie Hughes, bardzo przepraszam. – Na twarzy doktora Hitchensa malowało się autentyczne szczęście. – To nie jest
taka sobie zwykła mapa, przyjacielu. Wprost przeciwnie.

– Okej, o co więc w tym chodzi? Co może być na tyle ważne,
że potrzebowaliście, aby jakaś mapa w starej jaskini pokazała
wam, dokąd się udać? – Zawahałem się. – I dlaczego ta mała musiała siedzieć na podświetlanym fotelu?

– A więc jednak chce się pan dowiedzieć? – zapytała z przekąsem Abigail. – Sądziłam, że nie interesuje pana nasza misja.

Podszedł do mnie Fred.

– Panie Hughes, wie pan, czym jest Kościół Ojczyźniany?

Miałem ochotę odpowiedzieć, że sektą.

– Grupą religijną. Nie wiem.

Chłopak pokręcił głową.

– Nie jesteśmy wyznaniem. My…

– Hej! – warknęła Abigail, wbijając w niego znaczące spojrzenie.

– W porządku. Jesteśmy mu to winni za to, że nas tu przywiózł. – Fred spojrzał na mnie. – Kościół Ojczyźniany to coś więcej niż alternatywna sekta, panie Hughes. Jesteśmy organizacją naukową skupioną na jednym celu.

– Czyli? – zapytałem.

– Ostatecznym odkryciu miejsca pochodzenia całej ludzkości – oświadczył Fred. – Mitycznego, zaginionego świata znanego jako Ziemia.

Gdy tak staliśmy w tej rozpadającej się jaskini zaginionej cywilizacji, nie wierzyłem własnym uszom.

– Ziemia – mruknąłem, starając się nie brać tych słów na poważnie. – Szukacie Ziemi.

– Zgadza się – potwierdził doktor Hitchens.

– Baśniowej planety, której nikt nigdy nie widział. Tej, na której ludzie walczyli ze smokami i parali się magią. Tej Ziemi.

– W to akurat nie wierzymy – zapewnił Fred. – Ale tak jak w przypadku innych mitów żywimy przekonanie, że w tych historiach kryje się ziarno prawdy.

– A więc uważacie, że Ziemia istnieje, a to… – wskazałem

na hologram nad moją głową – ...coś, ta mapa, pokaże wam, jak do niej trafić?

– Właśnie tak – potwierdził Hitchens. – I wygląda na to, że uzyskaliśmy dziś potwierdzenie.

– Skąd ta pewność? – zapytałem.

Zawahał się i spojrzał na Lex, następnie znowu na mnie.

– Mamy swoje powody. Być może gdyby pan...

Jaskinię wypełnił krzyk, zmuszając mnie do zasłonięcia uszu.

– Co do...?! – wrzasnąłem.

Krzyk nie cichł i dochodził skądś niedaleko wejścia.

– Myślę, że to jakieś zwierzę. – Fred wyjął swój skaner. – Stąd nie jestem w stanie niczego odczytać.

– Co robimy? – zapytał Hitchens.

Wyciągnąłem pistolet i wycelowałem w wejście do pomieszczenia.

– Pozostańcie za mną – nakazałem.

Podeszła do mnie Abigail i wyjęła własną broń – na moje oko artezyjskiego ośmiostrzałowca. Kusiło mnie, aby ją ochrzanić za to, że na pokład mojego statku zabrała pistolet, lecz ugryzłem się w język. Później na nią nakrzyczę, kiedy nie będziemy już atakowani przez stado dzikich zwierząt.

– Mam nadzieję, że potrafisz dobrze celować – rzuciłem.

– Lepiej niż pan – odparowała.

Usłyszałem kolejne wycie, tym razem bliżej. Przez wejście przemknął cień i zacisnąłem palec na spuście.

Do środka wbiegły bestie z pianą na pyskach.

Jedną unicestwiłem strzałem w łeb. Kolejne trzy rzuciły się na naszą grupę.

Pierwszą Abigail trafiła w łapę i tułów. Zwierzę się zachwiało i w tym momencie otrzymało kulkę w pysk, co sprawiło, że fragmenty jego mózgu wylądowały na pobliskiej ścianie.

Skupiłem się na pozostałej dwójce i bez wahania oddałem strzały. Z lufy pistoletu wystrzeliło siedem kul, każda doskonale wycelowana, każda trafiająca w ciało.

Bestie niemal jednocześnie się przewróciły jedna na drugą. Nie przestawałem strzelać, zabijając każdego pojawiającego się członka stada.

Przed wejściem utworzyła się wysoka na metr sterta trucheł, zasłaniając nam widok. Zobaczyłem, jak jedna z bestii z wygłodniałym spojrzeniem przeskakuje nad zabitymi braćmi. Rzuciła się na Abigail, gotowa rozerwać ją na strzępy, ona jednak uniosła broń i oddała strzał.

Bestia upadła na nią, przewracając mniszkę na plecy, i dopiero teraz przekonałem się, jak wielkie są te zwierzęta. Spod pokrytego sierścią cielska ledwo widać było Abigail.

Zepchnęła z siebie zwierzę, które zdążyło pobrudzić ją swoją krwią. Pomogłem jej wstać. Otarła czoło. Ręce jej się trzęsły, ale wyglądała na spokojną. „Nieźle jak na mniszkę", pomyślałem.

Kiwnąłem lekko głową, po czym ponownie utkwiłem wzrok w wejściu. Uniosłem pistolet i czekałem.

Nie słychać było nic oprócz martwej ciszy.

9

Zaczekaliśmy, aż Hitchens ściągnie mapę na swoje urządzenie. Do czasu opuszczenia jaskini prawie w ogóle się do siebie nie odzywaliśmy.

Wątpiłem, aby ktokolwiek oprócz mnie i Abigail miał doświadczenie w tego typu walce. Widok malujących się na ich twarzach strachu i konsternacji przypomniał mi, że nie wszyscy byliby tu w stanie przeżyć, gdyby byli zdani tylko na siebie.

Abigail w poplamionym zwierzęcą krwią ubraniu szła obok Lex. Dziewczynka niezmiennie mi imponowała spokojem. W ogóle nie płakała, nie okazywała paniki. I wbrew sobie zastanawiałem się dlaczego.

Wkrótce dotarliśmy do lasu i kazałem grupie się zatrzymać na krótki odpoczynek. Od Gwiazdy dzieliły nas dwie godziny marszu, a było jasne, że niektórym przyda się chwila przerwy.

– Jak dobrze – wyrzęził Hitchens, starając się złapać oddech.

Usiadł pod dużym drzewem i zaczął się wachlować kapeluszem.

Octavia wyjęła manierkę z wodą i mu ją podała.

– Proszę.

Napił się, oblewając sobie przy tym koszulę.

– Dziękuję ci, moja droga.

Spojrzałem na Freda i gestem przywołałem go do siebie.

– Tak, proszę pana? – zapytał młody badacz.

– Nie myśl, że zapomniałem o tym, co mi tam powiedziałeś – rzekłem, wskazując na kierunek, z którego przybyliśmy. – Ta historyjka o Ziemi? Bzdury związane z mapą? No i nadal chcę się dowiedzieć, o co chodzi z tą małą.

– O-oczywiście – wydukał Fred.

– W tym wszystkim kryje się coś więcej. – Uniosłem brwi. – Znacznie więcej.

– Cóż. – Zawahał się. – Nie mogę powiedzieć panu wszystkiego. Myślę, że to zadanie Rady.

– Och?

Uniósł ręce.

– Ale na pewno panu powiedzą, jestem tego pewny. Proszę się nie martwić. Uratował nam pan wszystkim życie. Jest pan bohaterem, panie Hughes.

– Jestem wynajętym pistoletem – poprawiłem.

Kiwnął głową.

– N-no tak, oczywiście. Chodzi mi po prostu o to, że w odniesieniu przez nas dzisiaj sukcesu odegrał pan bardzo ważną rolę. Rada to dostrzeże i najprawdopodobniej poprosi o pańską dalszą pomoc.

Przechyliłem głowę.

– Dalszą pomoc?

– Zgadza się. Jeśli mamy trzymać się tych koordynatów, będzie nam potrzebna pomoc. Widział pan, dokąd biegła linia, prawda?

To drugi koniec terytorium pustoszycieli. Aby się tam dostać, będzie nam potrzebna pańska peleryna.

– Chwila, chłopcze. Nie wyraziłem zgody na nic poza tą robotą. Mam sprawy do załatwienia.

– Nawet jeśli w grę wchodzą pieniądze? – zapytał.

– Zobaczymy, jak mi się spodoba propozycja, kiedy już ją otrzymam.

– Typowy renegat – stwierdziła Abigail.

Razem z Fredem odwróciliśmy się i zobaczyliśmy, że stoi kilka metrów dalej.

– Zależy panu tylko na sobie. Nie słyszał pan słów doktora? – zapytała mniszka.

– Tych o Ziemi? – zapytałem z uśmiechem. – O zmyślonej planecie, która w ogóle nie istnieje?

– Ależ istnieje. Widział pan mapę. Proszę otworzyć oczy.

– Widziałem jedynie standardową mapę nieba z kilkoma migającymi światełkami. Nic szczególnego. A już na pewno nic nie świadczyło o tym, że jedno z nich to Ziemia.

– Daj mu czas – powiedział Fred. – Nie widział tego co ty, siostro.

– Właśnie, siostro. – Puściłem do niej oko. – Przestań się mnie czepiać.

– Jest pan beznadziejny – oświadczyła lekceważąco, po czym wróciła do siedzącej na ziemi Lex.

– Ta mniszka to niezłe ziółko – stwierdziłem.

– To prawda – przyznał Fred. – Poczeka pan tylko, aż ją naprawdę rozzłości. Słyszałem, że podczas ratowania Lex zabiła sześć osób.

– W to akurat jestem skłonny uwierzyć.

– Zapnijcie pasy i się trzymajcie – powiedziałem przez komunikator, siedząc w kokpicie Zbuntowanej Gwiazdy. – Siggy, zabierz nas stąd.

– Już się robi, proszę pana – odparła AI.

Silniki się uruchomiły i poczułem, jak mój fotel się trzęsie. Statek zaczął się unosić i obserwowałem, jak zielone pole coraz bardziej blednie. W końcu znaleźliśmy się wysoko na niebie, a ja się odchyliłem na fotelu, ciesząc się, że to miejsce pozostawiam za sobą.

Kiedy dotarliśmy do termosfery, pomarańczowy horyzont stał się purpurowy, a chwilę później czarny. Wkrótce minęliśmy orbitę.

– Zabierz nas do Arkadii, Siggy – poleciłem.

– Wprowadzam koordynaty – odparł, a ja obserwowałem, jak mapa nieba ulega zmianie, aby odzwierciedlić naszą trasę.

Nie minęło wiele czasu, a moim oczom ukazało się wejście do tunelu Slipspace. Gdy wlecieliśmy do wirującej masy błękitu i zieleni, nagle poczułem się wykończony.

Przyjrzałem się swoim dłoniom. Były brudne od ziemi i, ku memu zaskoczeniu, także krwi. „Muszę wziąć prysznic", pomyślałem i podniosłem się z fotela.

– Siggy, odezwij się w razie sytuacji awaryjnej.

– Dobrze, proszę pana.

W saloniku zastałem wszystkich pasażerów z wyjątkiem Abigail i Lex.

– Ach, kapitanie. – Hitchens zamachał do mnie.

– Gdybyście czegoś potrzebowali, kontaktujcie się z Sigmondem – rzuciłem. – Muszę się przespać.

– Liczyłem, że uda mi się z panem porozmawiać o…

– Spać – przerwałem mu, unosząc rękę.

Przez chwilę siedział z uchylonymi ustami, aż w końcu je zamknął i kiwnął głową.

Udałem się prosto do swojej maleńkiej kajuty i się rozebrałem, gotowy do zmycia z siebie tego całego smrodu i odpłynięcia.

Kiedy się obudziłem, z kącika ust sączyła mi się ślina. Cały byłem zesztywniały i pospinany.

– Siggy, jak długo spałem? – W gardle mi zaschło, więc wziąłem łyk wody z dzbanka.

– Dziesięć i pół godziny, proszę pana – odparła AI.

– Ja pierdolę – mruknąłem. – Ale pewnie było mi to potrzebne.

– Na to wygląda – zgodził się Sigmond.

Wciągnąłem spodnie i wyszedłem z pokoju, nie zawracając sobie głowy zakładaniem koszuli ani ścieleniem łóżka.

W saloniku siedział tylko Fred i raczył się kawą.

– Dzień dobry. – Jego słowom towarzyszył szczery uśmiech.

– Spadaj – odparłem. – Nalej mi też kawy, dobra?

– Oczywiście.

Zająłem swój ulubiony fotel i potarłem oczy.

– Pozostali jeszcze śpią?

– Pora jest wczesna – odparł, stawiając na stole kubek.

Na razie jeszcze się nie napiłem. Zamiast tego raczyłem się zapachem i czekałem, aż przestygnie. Kawa na Gwieździe nie należała do najlepszych, ale jej zapach był niczym narkotyk.

Fred usiadł naprzeciwko mnie i pijąc powoli aromatyczny napój, wrócił do czytania czegoś na swoim tablecie.

– Jakieś wieści w Unii? – zapytałem. – Wiesz, że to wszystko jest propagandą, prawda?

– Och, zgadzam się z panem. To tylko notatki. Prowadzę badania na temat technologii Slipspace i jej teoretycznych zastosowań. W gal-necie krąży sporo obiecujących dokumentów.

Jęknąłem i w końcu się napiłem.

– Zanim zaczniesz mnie zasypywać tego rodzaju informacjami, pozwól mi dojść do siebie.

– Przepraszam – bąknął.

– W porządku. – Wziąłem kolejny łyk i westchnąłem. – Boże, ależ jest pyszna.

– Powinien pan spróbować tej, którą mamy w Arkadii. Nigdzie indziej nie piłem równie smacznej kawy.

– Serio? – zapytałem, nagle zainteresowany.

– Sprowadzamy ją raz w miesiącu wraz z pozostałymi zapasami. Wszystko to wysokiej jakości produkty z Din.

Od razu rozpoznałem tę nazwę. Din to skrót organizacji kupieckiej zwanej Dinezjańską Spółką Handlową. Specjalizowała się w towarach konsumpcyjnych, zwłaszcza na terenie Unii, i podobnie jak każda duża spółka nie była krystalicznie czysta. DSH parała się przemytem egzotycznych towarów – była to taktyka biznesowa niepochwalana przez Unię. To jej jednak nie powstrzymywało i korzystała z usług ludzi mojego pokroju, którzy chętnie przytulali kredyty.

– To musi niemało kosztować – stwierdziłem.

Chłopak kiwnął głową.

– W rzeczy samej.

– Pozwól, Fred, że cię o coś zapytam. – Wziąłem kolejny łyk. – Skąd taka dziwaczna, mała sekta jak wasza ma tyle kasy? Nakłoniliście kilka staruszek do opróżnienia portfeli?

Fred się zaśmiał.

– Słyszał pan o Dariusu Clare?

Odparłem, że nie.

– Mniej więcej wiek temu był unijnym archeologiem – wyjaśnił. – Pracował dla specjalnego departamentu w rządzie, którego misją było badanie odnajdywanych raportów dotyczących nieznanych reliktów i różnych osobliwości.

– I? – zapytałem nieporuszony.

– Cóż, on i jego zespół działali w całej znanej przestrzeni i w pogoni za wiedzą odbyli podróże na niemal sześćdziesiąt planet. Odkryli wiele fascynujących antyków, których nie dawało się wytłumaczyć. Większość została skatalogowana przez Unię, umieszczona w magazynach i nigdy więcej nikt do nich nie zaglądał. Kilka... – uczynił pauzę i posłał mi przebiegły uśmiech – ...zaginęło.

– Czy to dokądś zmierza? – zapytałem. Kiedy chciałem wziąć jeszcze jeden łyk, okazało się, że kubek jest pusty. Ściągnąłem brwi. – Nie jestem jakimś szczególnym fanem historii.

– Zapewniam pana, że wszystko to jest ważne.

Wstałem i dolałem sobie kawy.

– W porządku.

Fred kontynuował:

– Podczas pewnych wykopalisk Darius i Reslin Gaile jego partnerka i jednocześnie przyszła żona odkryli liczące dwa tysiące lat urządzenie do przechowywania danych. Początkowo nieszczególnie się przejęli, gdyż tego typu urządzenia nie należały do rzadko odnajdywanych i na ogół nie przedstawiały sobą żadnej prawdziwej wartości. Najczęściej zawierały jakieś wpisy lub osobiste pamiętniki. Dla badaczy było to interesujące w sensie historycznym, niemniej nie miało związku z misją Dariusa. – Fred się nachylił. – Kiedy jednak on i jego partnerka wrócili do laboratorium, zainicjowali proces odzyskiwania danych zapisanych na tym urządzeniu. Zajęło to kilka tygodni. Kiedy się w końcu udało, odkryli wiadomość.

– Jak brzmiała? – zapytałem.

– Ziemia została przywrócona. Zainicjuj Projekt Odzyskanie.

– Co to znaczy? – Odstawiłem kubek na stół.

– Tego właśnie Darius pragnął się dowiedzieć. Był podekscytowany tym odkryciem, dlatego udał się do przełożonych, aby spróbować zdobyć ich poparcie w kwestii rozwinięcia projektu, tym razem bardziej szczegółowo. Chciał poszukać innych wskazówek dotyczących Ziemi.

– Niech zgadnę. Kazali mu spadać.

– Początkowo nie. Przywódców Unii zaintrygowały zebrane przez Dariusa dane. Nie przestawano finansować jego wysiłków i nawet mianowano go dyrektorem departamentu. Pracował dla nich przez kolejne dwanaście lat, szukając reliktów związanych z Ziemią. Jego zespół stawał się coraz liczniejszy i odnajdywał coraz więcej tropów.

– Co się stało?

– Nie znalazł niczego znaczącego. Po jakimś czasie przełożeni stracili wiarę w niego. Musiał odejść.

Zachichotałem.

– To zrozumiałe.

Fred uśmiechnął się cierpko.

– Czyżby? Darius wiedział, na czym zależy Unii. Znalazł dane dotyczące zaginionych ziemskich technologii i wiedział, co zrobiłby rząd, gdy uzyskał do nich dostęp. Zabrał swoje badania i odszedł z organizacji, ale nie zaniechał poszukiwań. On i sporo osób z jego zespołu nieprzerwanie poszukiwali prawdy. Odkrycie ojczyzny stało się ich misją. – Spuścił wzrok na trzymany w ręce tablet i się uśmiechnął. – Wiele lat po tym, jak odszedł z pracy,

Darius odkrył archiwum pełne informacji w jakichś prastarych katakumbach pod górą w małej kolonii leżącej w dużej odległości od przestrzeni Unii. Pośród bezcennych danych znajdował się wyróżniający się obraz.

Odwrócił tablet, aby mi pokazać, na co patrzy – niebiesko-zieloną planetę z wielkimi kontynentami. Mimo swoich wielu podróży nie rozpoznałem jej.

– Co to? – zapytałem, biorąc od niego tablet i uważniej się przyglądając.

– A to nie oczywiste? – zapytał Freddie i już wiedziałem, że ma rację. – To miejsce, z którego wszyscy się wywodzimy, panie Hughes. To jest Ziemia.

10

Nie uwierzyłem w połowę tego, co mi powiedział Fred. Ba, nie miałem pewności, że w ogóle to zrozumiałem. Nieodkryta planeta z niezmierzonymi skarbami, ukryta przez dwa tysiące lat, i tak się akurat składa, że to legendarne miejsce pochodzenia całej ludzkości?

Błagam. Nie byłem frajerem, nie tak jak ci pozostali głupcy. Doskonale wiedziałem, dokąd mnie prowadzą, próbując przekonać do gigantycznego kłamstwa, tak by nie musieli mi płacić za to, co są mi winni. Pomóż tej sprawie, tak mi powiedzą, tyle że ja miałem wprawę w tego typu finansowych gierkach. Ale może nie miałem racji i rzeczywiście we wszystko wierzyli. Może to byli dobrzy ludzie.

Tyle że nie zamierzałem wyrzekać się honorarium w imię dobrostanu ludzkości, nawet jeśli była to prawda. Miałem dług do spłacenia.

Usiadłem na swoim łóżku i ssąc landrynkę, odtwarzałem w myślach wszystko to, co wydarzyło się w Epsilonie. Pomyślałem o Lex, siedzącej na tamtym fotelu, i stareńkim urządzeniu, które udało się uruchomić i które ujawniło linię kropek biegnącą z jednego końca galaktyki na drugi.

„Bzdury", pomyślałem. Położyłem się i podrapałem po nosie.

– Przepraszam pana – odezwał się Sigmond. Jego głos dochodził z zainstalowanego w moim pokoju głośnika.

– O co chodzi, Siggy? – zapytałem.

– Zbliżamy się do końca ostatniego tunelu.

– Dzięki za info. Każ sekcie się przygotować.

– Ach, ten pański dobór słów.

Siggy ich nie użyje. Wiedziałem, że złagodzi moją wypowiedź. Zawsze tak robił. Czasami człowiek musiał wyrzucić z siebie, co mu siedzi w duszy, nawet jeśli słyszał to tylko on sam.

Ześlizgnąłem się z łóżka i wstałem.

– Nie mogę się doczekać, aż będę miał tę robotę za sobą, Siggy. Im szybciej otrzymamy zapłatę, tym szybciej będę mógł wyrównać rachunki z Fratleyem.

– Oczywiście, proszę pana. Wiem, jak bardzo pan nie znosi kontaktów z innymi ludźmi.

– Czy ty przypadkiem sobie ze mnie nie drwisz? – zapytałem.

Choć Siggy był tylko sztuczną inteligencją, rozumiał mnie. Może przez to, że tyle spędzaliśmy ze sobą czasu, a może zaprojektowany został tak, aby się dostosowywać do charakteru właściciela, ale wiedział, jak się ze mną po przyjacielsku droczyć. Rozumiał moje ograniczenia.

– W życiu bym się nie ośmielił – odparł teraz.

Dotknąłem znajdującego się przy drzwiach przycisku i zaczekałem, aż się rozsuną.

– Tylko pamiętaj, nie mamy czasu na towarzyskie pierdoły. Musimy zabrać tę kasę i prysnąć prosto do Fratleya. Im szybciej, tym lepiej, na wypadek gdybym miał stracić ten statek i wszystko, co się w nim znajduje, łącznie z tobą.

– Wolałbym, aby do tego nie doszło, proszę pana.

– To jest nas dwóch.

Gdy szedłem przez statek, słyszałem, jak Sigmond mówi wszystkim pasażerom po kolei, co zaraz nastąpi. Zaczęli się krzątać, starając się pozbierać swoje rzeczy.

Wszedłem do kokpitu i usiadłem na swoim miejscu. Powrót zajął nam dwa dni. Ku swemu zaskoczeniu miałem wrażenie, jakbyśmy dopiero co wyruszyli w tę podróż.

Statkiem zatrzęsło, co stanowiło sygnał, że opuściliśmy tunel. Wyjrzałem przez najbliższe okienko i ujrzałem ciemność przestrzeni i widniejące w oddali gwiazdy.

Nachyliwszy się lekko, próbowałem sprawdzić, czy uda mi się dojrzeć Arkadię.

Gdy powoli pojawiła się w polu widzenia, wyobraziłem sobie swoje konto wypełniające się kredytami. Pięćdziesiąt tysięcy. Sto tysięcy. Wszystko będzie zależało od tego, ile mi się uda wycisnąć z Rady. Ci ludzie byli żyłą złota.

Fred prosił mnie wcześniej, abym zgodził się przyjąć kolejne zlecenie, lecz nie podjąłem jeszcze decyzji. Gdybym wziął tę robotę, musiałbym wylecieć i potem wrócić. Nie mogłem pozwolić, aby dług zbyt długo pozostawał niespłacony. Nie, jeśli życie mi było miłe. Najszybciej, jak się da, prawdopodobnie jeszcze dziś wieczorem, udam się prosto do Fratleya i oddam mu jego pieniądze.

Planeta stawała się coraz większa.

Dostrzegłem, że coś się tym razem zmieniło. Na orbicie Arkadii, wcześniej zupełnie pustej, czekało kilka statków.

Przyjrzałem im się z zaciekawieniem. Należały do tej spółki

handlowej, o której mówił Fred? Nie... nie pasowały do opisu. Te statki były trójkątne, a wzdłuż kadłubów miały wymalowane zielone płomienie w białych okręgach.

To były statki pustoszycielskie.

Czułem na skórze mrowienie, kiedy tak stałem i się gapiłem przez szybę. Co tu robili pustoszyciele? Po co im zasadzać się na pozbawioną wartości grupę religijną? Czy one...

Nim zdążyłem dokończyć tę myśl, poczułem, jak cała podłoga opada, ja zaś wpadłem na ścianę. Statkiem wstrząsnęła eksplozja i na korytarzach rozbrzmiał alarm.

– Sigmond! – krzyknąłem. – Zapelerynuj nas i spadajmy stąd!

– Już się robi, proszę pana – odparł.

Ze swojego pokoju wybiegła Abigail.

– Co to było?!

– Zostaliśmy zaatakowani. Tam się znajduje flota pustoszycieli. – Wskazałem w kierunku planety.

– Pustoszyciele? – zapytała. – Co pan zrobił?

– Ja? – zaperzyłem się. – Co każe ci sądzić, że to moja wina?

– Peleryna została aktywowana, proszę pana, ale otrzymuję właśnie zgłoszenie – oznajmił Sigmond. – Mam je przyjąć?

– Wrzuć na głośnik.

Do Abigail dołączyła Lex.

– Co się stało? – zapytała dziewczynka.

– Nic – odpowiedziała Abigail. – Mamy wszystko pod kontrolą.

– Ja mam – poprawiłem ją.

– Proszę pana, kanał jest otwarty. Odbieramy, lecz nie przekazujemy – wtrącił Sigmond.

– Wobec tego słuchajmy – rzuciłem.

Chwilę później w głośniku rozległ się znajomy głos.

– Jace Hughes – odezwał się człowiek, którego znałem pod nazwiskiem Fratley. – W końcu się zjawiłeś. Czekałem na ciebie.

Fratley był ostatnią osobą, którą spodziewałem się dzisiaj usłyszeć w komunikatorze. Do końca terminu spłaty zostało mi jeszcze trochę czasu. Co on tu robił?

– Jace. – Głos Fratleya niósł się po całym statku. – Mów do mnie, ty stary złodzieju. Myślisz, że możesz się ukryć za tą peleryną, którą masz dzięki mnie? Powinieneś był wiedzieć, że to ci się nie uda.

– Czy to znaczy, że nas widzi? – zapytała Abigail.

– Nie wiem – mruknąłem.

– Jace, wyrządziłeś mi krzywdę. Wielką krzywdę – kontynuował Fratley. – Wiszenie mi kasy to jedno, ale w Galdionie zabiłeś dwóch moich ludzi. Myślałeś, że nie zauważę, że to ty? A potem przylatujesz tutaj, na Martwoziemie, próbując się przede mną ukryć. To tchórzostwo, Jace, ale czego się można spodziewać po człowieku, który nie przyszedł mnie prosić o nic innego, jak o pelerynę.

Poczułem, że serce mi zamiera.

– Kurwa – warknąłem i przycisnąłem knykcie do ściany.

– No dobrze, wiesz, że jestem uczciwym gościem, Jace. Nie mam w zwyczaju chować urazy, tyle że ty jesteś mi winien kurewsko dużo kredytów, które są mi strasznie potrzebne – oświadczył Fratley. – Zestrzeliłeś dwa moje statki i daruję ci to, jeśli spłacisz dług. Rozumiesz, Jace? Słyszysz, co mówię?

Co za pierdolony…

– Sto tysięcy. Masz tyle kredytów? – zapytał.

– Sigmond, rozpocznij przekaz – poleciłem.

– Tak, proszę pana. Chwileczkę. Już.

– Fratley, to ja – rzuciłem.

– Ach, oto i on! – wykrzyknął Fratley.

Zaczerpnąłem powietrza.

– Co u ciebie? – zapytałem, starając się, aby zabrzmiało to swobodnie. – Właśnie miałem lecieć, aby z tobą pogadać. Dzięki, że zaoszczędziłeś mi fatygi.

– To oznacza, że masz moje kredsy?

– Część tak, ale nie wszystko. Zdobycie takiej kasy trochę trwa.

– Nie to chcę słyszeć, Jace. Miałem nadzieję, że to będzie dobry dzień, a ty wziąłeś i mnie rozczarowałeś. Zabiłeś moich ludzi, wysadziłeś w powietrze moje statki, więc teraz musisz pokryć moje straty. I nie próbuj się migać. Widziałem hologramy. Wiem, że w Galdionie to byłeś ty.

– Fratley, bądź rozsądny – rzekłem. – Te dwa statki zaatakowały mnie, kiedy odlatywałem z planety na robotę. Dodam, że robotę, której się podjąłem po to, aby cię spłacić. Poza tym to oni zaczęli strzelać jako pierwsi. Co miałem zrobić?

– Coś ci powiem, Jace. Nie strzela się do moich myśliwców. Tego się nie robi i już – oświadczył Fratley.

– Co powiesz na to, abym teraz zapłacił ci dwadzieścia pięć tysięcy, a później resztę? – zapytałem. – Kończę właśnie zlecenie i zaraz mam dostać kolejne. Po wszystkim spłacę cię razem z odsetkami. – Wyciszyłem komunikator. – Rozpocznij transfer, Siggy. Może jeśli zobaczy kasę, to mu się poprawi humor.

Kilka sekund później ton głosu Fratleya rzeczywiście uległ zmianie.

– Och, to mi się podoba! – wykrzyknął. – Wiesz, Jace, jeden z moich myśliwców od jakiegoś czasu cię śledzi. Musiałem się upewnić, że nie uciekasz z Martwoziem, próbując mi zwiać.

– Śledziłeś mnie? – zapytałem, przypominając sobie tunel, który nie chciał się od razu zamknąć.

– To tylko biznes, Jace. Nic się nie martw. Widziałem, gdzie poleciałeś. Na jakąś opuszczoną planetę ze starymi ruinami. Domyśliłem się, że robisz za eskortę. Potrafię to uszanować, tyle że… – Urwał i usłyszałem, jak oblizuje usta. – Muszę cię o coś zapytać, Jace. Czy pracowałeś dla kogoś na tej planecie? Bo to byłoby dość niefortunne.

– Dlaczego? O co chodzi?

– Och, Jace, ty biedaku – zaśmiał się Fratley. – Przykro mi to mówić, ale zacząłem się niecierpliwić, kiedy tak siedziałem i czekałem na twój powrót. Zdążyłem tam wysłać swoich chłopaków, i rany, zajęli się zabijaniem. Przez calutki dzień!

Otworzyłem szeroko oczy i powoli przeniosłem spojrzenie na Abigail. Usta miała otwarte i wyglądała na przerażoną, gotową coś powiedzieć. Przyłożyłem palec do ust i trzeba jej oddać, że zachowała spokój, a przynajmniej na razie.

Wziąłem długi oddech, próbując nie wybuchnąć. Wiedziałem, że Fratley to gnój, ale zamordowanie przypadkowej grupy cywili to zupełnie inna sprawa.

– Fratley, odwołaj swoich chłopaków. Ci ludzie potrzebni mi są żywi. Tylko tak odzyskasz resztę pieniędzy.

– Obawiam się, że nie mogę tego zrobić, Jace. Widzisz, przelecieliśmy taki kawał drogi i już tu jakiś czas czekamy. Moi ludzie potrzebują się czasem wyżyć, więc się narobiło. Wiesz, jak to jest.

Lex podniosła wzrok na Abigail, już-już mając się odezwać, ale mniszka wskazała jej gestem, aby zachowała milczenie. Obie stały ze wzrokiem wbitym we mnie.

– Fratley, jeśli dałeś im zginąć, to jak ci mam zapłacić?

– Pewnie nijak – odparł ze śmiechem. – Chłopcze, nie zazdroszczę ci położenia, w jakim się znalazłeś.

– Kurwa mać – mruknąłem.

– Coś ci powiem, Jace. Dam ci kilka dodatkowych dni na zebranie kasy, którą jesteś mi winien. Po prostu ukatrup paru ludzi i ukradnij to, co mają. Dla kolesia twojego pokroju to łatwizna, co nie?

– Jasne, Fratley. Mogę tak zrobić. – Nie miałem jak uratować tej sytuacji. Najlepsze, co mogłem zrobić, to przystać na jego warunki, a potem wiać ile sił w nogach.

– Zuch chłopak. To co, powiesz mi, co robiłeś dla tych duchownych? Jaką konkretnie robotę ci zlecili?

Zerknąłem na Abigail i Lex. Na twarzach obu malowało się przerażenie.

– Poproszono mnie o dopilnowanie, aby ich podróż przebiegła bez zakłóceń. Wracałem, aby ich zabrać.

– No i miałeś pecha – stwierdził Fratley. – Może następnym razem będziesz pracował szybciej.

– Będę – przytaknąłem pewnie. – No dobra, lepiej się zbieram, skoro mam ci oddać to, co ci wiszę. Sto tysięcy kredytów, o ile dobrze pamiętam.

Fratley się zaśmiał.

– Bardzo dobrze, Jace! Och, ale zanim to zrobisz, będę cię musiał prosić, abyś zaczekał kilka minut. Moi chłopcy muszą przeszukać tę twoją latającą kupę złomu.

– Przeszukać mój statek? Daj spokój, to naprawdę konieczne? Niczego tu nie mam. Coś takiego tylko nas obu spowolni.

– Nazwij to karą za to, że kazałeś mi czekać – oświadczył Fratley.

„Jeśli znajdzie tu Abigail i pozostałych, zabije ich po to tylko, aby mi dopiec", pomyślałem.

– Spodziewaj się ich za dziesięć minut – dodał Fratley. – I Jace, lepiej znowu ze mną nie zadzieraj. Rozumiesz?

– Nawet bym nie śmiał – mruknąłem, patrząc przez okno na flotę pustoszycieli.

W głośniku rozległo się kliknięcie.

– Kanał został zamknięty przez drugą stronę – poinformował Sigmond.

Spojrzałem na stojące razem Abigail i Lex. Za nimi czekali Fred, Hitchens i Octavia. Wszyscy patrzyli na mnie. Musieli tu być przez cały czas, tyle że ja ich nie dostrzegałem.

– K-kościół… – wymamrotał Fred. – Czy oni…?

– Nie myśl o tym – rzuciłem do niego. – Teraz nie czas na żałobę.

Jeśli Fratley odkryje ich na moim statku, pozabija wszystkich za to tylko, że ich znam. Nawet się nie zawaha.

Kurwa jego mać.

– To przez nas, prawda? – zapytał Hitchens.

Chwyciłem leżącą na kanapie torbę doktora i rzuciłem mu ją. Trafiła go w klatkę piersiową, ale Octavii udało się go podtrzymać.

– Pozbierajcie swoje rzeczy, co do jednej sztuki, i chodźcie ze mną.

– Zamierza nas pan im przekazać? – zapytała Abigail. Jej głos brzmiał wyjątkowo spokojnie.

– Nie bądź głupia – warknąłem. – Zabiliby was i przy okazji pewnie i mnie.

– To jaki jest plan? – chciała wiedzieć Octavia.

Podszedłem do ściany obok drzwi prowadzących do kokpitu, po czym stuknąłem knykciami w metal.

– Widzicie to?

– Ścianę? – zapytał Fred.

Kiwnąłem głową.

– Siggy, otwórz to.

– Już się robi, proszę pana.

W tym momencie metalowa ściana się rozsunęła, odsłaniając ukryty schowek rozciągający się pod całym salonikiem.

– Przygotujcie się na to, że będzie ciasno.

– Co to jest? – zapytała Abigail.

– Większość nazywa coś takiego koszem przemytnika – wyjaśniłem. – Dzisiaj to wasze wybawienie.

– Nie jestem pewny, czy się tam zmieszczę – bąknął doktor Hitchens.

– Dla pana mam inne miejsce – zapewniłem go. – Przewożę tam większy towar. No dobra, szybko, przynieście tu cały swój bagaż. Nie mamy dużo czasu.

Wszyscy rozpierzchli się do swoich pokoi i chwilę później wrócili ze swoimi rzeczami. Nawet Lex miała niedużą torbę, aczkolwiek ku mojemu zaskoczeniu nie sprawiała wrażenia zdenerwowanej.

– Wszystko dobrze, mała? – zapytałem.

– Głodna jestem – odparła. – Mogę dostać zupę pomidorową?

Uśmiechnąłem się do niej przebiegle.

– Coś ci powiem. Zrób, co ci każę, a za kilka godzin dostaniesz swoją porcję. Może tak być?

Uśmiechnęła się.

– Okej!

Wepchnęliśmy w ścianę tyle toreb, ile się tylko dało, zostawiając miejsce dla Abigail, Lex i Freddiego. Cała trójka wczołgała się do środka, po czym przemieściła się między bagażami i wcisnęła się pod podłogę pod nami. Leżeli na plecach i wpatrywali się w nas przez szpary w podłodze.

– Wygodnie wszystkim? – zapytałem i zastukałem tam, gdzie byłem pewny, że znajduje się twarz Abigail.

– Jako tako – usłyszałem stłumiony głos.

Wydałem Siggy'emu polecenie zamknięcia ściany.

– Ani słowa, dopóki nie powiem, że jest czysto.

– Rozumiemy – odparła Abigail.

Spojrzałem na Hitchensa i Octavię.

– A teraz wy.

We troje udaliśmy się szybkim krokiem do ładowni.

– Tutaj? – zapytał Hitchens.

Kiwnąłem głową.

– Siggy, mógłbyś?

Na końcu ładowni, za stertą skrzyń, rozsunęły się ukryte drzwi.

– Musicie mi pomóc – rzuciłem do archeologów.

We trójkę przenieśliśmy jedną ze skrzyń, co zabrało więcej czasu, niż się spodziewałem. Kiedy skończyliśmy, na twarzy Hitchensa malował się wysiłek. Mocno się pocił i dyszał tak, jakby przebiegł maraton. Gruby doktorek oparł się o skrzynię, ale ja wskazałem na kryjówkę.

– Nie ma czasu na odpoczynek. Wchodźcie tam i bądźcie cicho. Rozumiecie?

Hitchens otarł chusteczką czoło.

– Tak, tak. Oczywiście, kapitanie.

– Dobrze. A teraz ruchy – popędziłem.

Weszli do środka, a ja patrzyłem, jak drzwi się zamykają.

– Proszę pana, statek Fratleya sygnalizuje dokowanie – oznajmił Sigmond.

– W samą porę – odparłem. – Przekaż, że jesteśmy gotowi.

Odwróciłem się i wybiegłem z ładowni, a serce waliło mi jak młotem.

11

Statek pustoszycieli połączył się z Gwiazdą i przez śluzę wparowało kilkunastu uzbrojonych ludzi w czerwonych pancernych strojach.

Za nimi wszedł mężczyzna z małą bródką i krzaczastymi brwiami. Na głowie miał nieduży okrągły kapelusz ze złotą lamówką. W lewej ręce trzymał cienką laskę z jakimiś prymitywnymi grawerami – było to coś, co dorwał na jakiejś zaściankowej planecie. Nosił ją nie dlatego, że potrzebował pomocy, lecz dlatego, że po prostu mu się podobała.

– Jace! – Obdarzył mnie szerokim i budzącym niepokój uśmiechem. – Mój ulubiony oszust.

– Witaj, Fratley. – Patrzyłem, jak idzie przez zewnętrzny korytarz.

Podszedłszy do mnie, poklepał mnie kilka razy po ramieniu.

– Oto i on, mój stary przyjaciel. Skoro czekałeś, to powinieneś był naszykować dla mnie i moich chłopców coś do picia.

Nawet się nie uśmiechnąłem.

– Jest kawa.

Zignorował mnie i ruszył w głąb statku, gapiąc się na niego tak, jakby go widział po raz pierwszy.

– No proszę, całkiem ładnie masz w tej norze.

– Cóż mogę rzec? Wystrój wnętrz to moje hobby – rzekłem, idąc powoli za nim.

Wszedł niespiesznie do saloniku i usiadł na jednym z foteli.

– Ach, fajna sprawa. – Przesunął ręką po materiale.

– Cieszę się, że ci się podoba – powiedziałem.

– Dogadzasz sobie, Jace. Mam nadzieję, że nie wydajesz kasy, którą mi wisisz, na fikuśne fotele.

Milczałem. Fratley doskonale wiedział, że niewiele zmieniłem na tym statku, po tym jak go kupiłem. Wyjątkiem było kilka drobiazgów w moim pokoju, ekspres do kawy, rdzeń Sigmonda i oczywiście peleryna.

Wyszczerzył się do stojącego najbliżej uzbrojonego pustoszyciela.

– Jak myślisz? Powinniśmy zabrać te fotele na nasz statek? – zapytał ze śmiechem. – Oj tam, tylko się droczę. My też się wygodnie urządziliśmy, prawda, chłopcy?

– Chciałeś obejrzeć resztę statku? – zapytałem.

– Och, Jace, ty zawsze wiesz, co powiedzieć. Jasne! Obejrzyjmy sobie dokładnie tę kupę złomu. Czemu nie?

Wstał i uderzył laską w podłogę. Znieruchomiałem, częściowo się spodziewając, że Lex albo Abigail krzykną.

Na szczęście obie zachowały spokój. Na szczęście dla mnie, bo nie byłem gotowy na to, aby dziś zginąć.

Zabrałem Fratleya i jego ludzi na obchód statku, pokazując im wszystkie miejsca, które chciałem, aby zobaczyli. Kiedy dotarliśmy do mojej kajuty, niewiele było do oglądania, to jednak nie powstrzymało tych zbirów przed wywróceniem komody i zerwaniem z łóżka materaca. Nie minęła chwila, a pościel i ubrania zaczęły nasiąkać rozlaną na podłodze wodą. Ze wzrokiem wbitym w trzymany pod łóżkiem dzbanek siłą woli zdusiłem w sobie gniew.

Fratley jedynie się zaśmiał.

– Są brutalni, ale dobrze wykonują swoją robotę. Zgadzasz się ze mną, Jace?

– Skoro tak twierdzisz.

– Pokaż, co trzymasz w tej swojej ładowni – zarządził.

Zrobiłem, co mi kazał. Gdy weszliśmy do ładowni, poczułem rękę na ramieniu, powstrzymującą mnie. To jeden z pustoszycieli kazał mi pozostać na miejscu.

Fratley obszedł pomieszczenie, obracając w ręce laskę. Rozejrzał się i zacmokał.

– Oj, Jace. – Pokręcił głową. – Nie wygląda na to, żebyś miał dużo zleceń. Wielka szkoda z powodu tych duchownych. Prawie żałuję, że kazałem ich pozabijać.

Starałem się nie patrzeć na ścianę, za którą wiedziałem, że ukrywają się Hitchens i Octavia.

– Znajdę kolejne. Nic się nie martw.

Obejrzał się na mnie.

– Jestem tego pewny.

Rozejrzał się, a jego spojrzenie przeskakiwało z jednego przedmiotu na drugi. Stało tu sporo skrzyń, w większości pełnych narzędzi i znalezionych przeze mnie przypadkowych śmieci. Spodziewałem się, że zacznie się przez to przekopywać, może nawet każe swoim ludziom opróżnić kilka skrzyń. Zamiast tego skupił się na czymś poniżej poręczy. Blisko miejsca, gdzie ukrywali się archeolodzy.

W tym momencie serce podeszło mi do gardła. Jedna skrzynia stała z przodu, ta, którą odsunęliśmy, aby Hitchens i Octavia mogli wejść do kryjówki. Fratley to dostrzegł? Zorientował się, że skrzynia nie stoi tam, gdzie powinna?

Próbowałem się przesunąć, tak by widzieć, na co on patrzy, ale jego człowiek nie puszczał mojego ramienia. Zawsze mogłem się odwrócić i skopać mu tyłek, ale za nim znajdowało się tylu zbirów, że na pewno skończyłbym jako trup.

Jedyne, co mogłem na razie robić, to patrzeć i mieć nadzieję, że ten drań nie doda dwóch do dwóch.

Fratley podszedł do skrzyni. Nachylił się i bez słowa uderzył w nią czubkiem laski.

– Ciekawe, czemu ta akurat nie stoi na swoim miejscu? – zapytał i nachylił się jeszcze niżej, aby się lepiej przyjrzeć.

– Pewnie kiepsko została przymocowana – skłamałem. – Wiesz, jak czasem bywa w tych tunelach. W drodze powrotnej trafiłem na turbulencje.

Machnął laską na mężczyzn stojących obok mnie.

– Otwórzcie to, chłopcy.

We trzech podbiegli do niego niczym gorliwe pieski, którymi zresztą byli, i próbowali otworzyć wieko. Kiedy okazało się to trudne, po prostu przewrócili skrzynię na bok, wysypując na podłogę jej zawartość.

Wszyscy patrzyliśmy, jak ze skrzyni wypada kilkadziesiąt zapakowanych w folię ubrań.

– A to co? – zapytał Fratley. – Przemycasz teraz koszulki?

Grupa pustoszycieli zarechotała.

– Zostały po jednym z dawnych zleceń. Klient dał mi je w ramach zapłaty – wyjaśniłem.

– Zapłacono ci ubraniami? – Zaśmiał się. – Ja pierdolę, Jace. Słabo ci idzie robota.

Nie kłamałem. Zawartość skrzyni rzeczywiście pochodziła od klienta – człowieka o nazwisku Arte, który zlecił mi kradzież luksusowej odzieży z korporacji o nazwie P &G Inc. Większość dostarczonych przeze mnie ubrań mogła dobrze się sprzedać na wolnym rynku. Z wyjątkiem tych T-shirtów. One akurat pochodziły z kolekcji przecenionej, co oznaczało, że są nic niewarte. Arte pozwolił mi je zatrzymać w ramach premii, ale na nic mi się nie przydały. Nie były warte nawet czasu, jaki musiałbym poświęcić na ich sprzedaż.

Fratley zostawił ciuchy na ziemi, ignorując pozostałą część ładowni.

– Myślę, że to tyle – oznajmił, podszedłszy do mnie.

– Dzięki, że wpadliście – rzuciłem.

Uśmiechnął się znacząco.

– Jako że byłeś dziś grzecznym chłopcem, będę z tobą szczery, Jace.

– Szczery ze mną?

Kiwnął głową.

– Przylecieliśmy tu z powodu ciebie, ale nie dlatego zaatakowałem tamten Kościół.

Uniosłem bez słowa brew.

– Bo widzisz, po gal-necie krąży nakaz. Wygląda na to, że Unia ściga pewną mniszkę, która na dołączonym do nakazu zdjęciu ma na sobie tego samego rodzaju strój jak ten, który noszą ci ludzie. – Gestem nakazał, aby jeden z jego sługusów podał mu tablet, po czym mi go pokazał. No i proszę, oto Abigail w mnisim habicie. Zdjęcie zrobiono jako zrzut ekranu z jakiegoś monitoringu.

– To ona kilka dni po tym, jak się włamała do unijnego laboratorium i porwała małą dziewczynkę. Możesz w to uwierzyć, Jace? Kto robi coś takiego? – Uśmiechnął się do mnie krzywo.

– Rzeczywiście dziwne – powiedziałem beznamiętnie.

– W nakazie napisano, że ta mniszka w trakcie ucieczki zabiła człowieka. Z tego, co słyszałem, senatora.

– Naprawdę? – Starałem się nie sprawiać wrażenia zainteresowanego.

– Ta pani jest niebezpieczną zabójczynią, tyle że coś mi się wydaje, że słabo jej wychodzi ukrywanie się. Kamery Unii wyłapały ją potem jeszcze kilka razy. – Zastukał w tablet i pokazał mi inne zdjęcie. – Niedorzecznie to brzmi, no nie? Zabójcza mniszka. Kto by pomyślał?

– Szaleństwo. Mam nadzieję, że ją schwytacie.

– Powiem ci, co jest szaleństwem, Jace. Przylatuję tutaj, aby z tobą pogadać, i widzę, że pracujesz dla tego samego Kościoła co ta suka. To dopiero szalony zbieg okoliczności, co nie? Zacząłem się wtedy intensywnie zastanawiać.

Gdy tak się we mnie wpatrywał, jego spojrzenie stało się zimne i poważne.

Odpowiedziałem mu takim samym spojrzeniem. Jeśli kutas sądził, że mnie zastraszy, to srodze się pomylił.

Fratley zachichotał.

– Oj tam, tylko się droczę. – I klepnął mnie w ramię. – Jestem pewny, że w końcu nam się uda. Skoro nie ma jej tutaj, to ją znajdziemy.

– Na pewno.

Wskazał na mnie laską, o mało nie dotykając czubkiem mojego czoła.

– A tak w ogóle to daję ci jeden dodatkowy tydzień na spłatę długu. Nie każ mi znowu za tobą ganiać. Następnym razem nie okażę się taki wyrozumiały, słyszysz?

– Oddam ci tę kasę – odparłem, odsuwając palcem laskę.

– Na to liczę, Jace. Choć cię lubię, nie mogę pozwolić, aby dług nie został spłacony. Tak się nie prowadzi interesów.

Obserwowałem wychodzących przez śluzę Fratleya i jego załogę, pilnując się, aby wyglądać na wyluzowanego, na wypadek gdyby mieli się obejrzeć. Zaczekam, aż ich statek w pełni się odłączy, i dopiero wtedy wypuszczę swoich pasażerów z ich kryjówek. Co potem? Nie miałem pojęcia.

Fratley dał mi tydzień na zdobycie pieniędzy. Licho wie, czy zostawił na planecie kogoś żywego. Najpewniej będę musiał wyrzucić tych ludzi na jakiejś skale, z dala stąd, a potem szybko poszukać kredytów.

Kiedy już się człowiekowi wydaje, że jego plan wypali, nagle wszystko bierze w łeb.

I tak za każdym, kurwa, razem.

– Otwórz – poleciłem Sigmondowi i patrzyłem, jak ściana się przesuwa, odsłaniając schowek.

W środku dojrzałem mokrą od potu i oddychającą ciężko Abigail.

– Musimy pogadać – rzuciłem i odsunąłem się, aby mogła wyjść.

– Poszli sobie? – zapytała, wydostając się przez otwór.

– Na razie owszem, a ty i ja musimy odbyć długą rozmowę na temat tego, co się dzieje z…

Spod podłogi wychynęła głowa Lex.

– Było paskudnie i śmierdziało. Nie chcę tam więcej wchodzić.

Pomogłem jej wyjść. Kiedy była już wolna, zastukałem w ścianę i ta się zamknęła.

– Jak już mówiłem, musimy porozmawiać.

Abigail udała się prosto do dyspensera napojów i nalała sobie wody. Piła ją tak, jakby od kilku dni nie miała w ustach ani kropli. Pomyślałem, że jeśli nie zwolni, to może się zakrztusić.

– Słuchasz mnie w ogóle? – zapytałem.

– Wiedział pan, że jest tam tak gorąco? – Nalała sobie kolejny kubek i dalej piła.

– Pewnie, że wiedziałem, ale to było jedyne wyjście. No dobra, odpowiesz na moje pytanie czy muszę zadać je jeszcze raz?

– Nie wiem, o co mnie pan pyta – odparła mniszka.

– Zabiłaś człowieka, aby ocalić to dziecko?

Przestała pić.

– Co?

– Fratley pokazał mi twoje zdjęcie z laboratorium. Twierdził, że zabiłaś senatora. Co ty sobie, kurwa, myślałaś?

– Nie miałam wyboru. Ja… – Urwała i spojrzała na Lex. – Później o tym porozmawiamy, na osobności. Wszystko panu powiem.

– Nie zamierzam znaleźć się z tobą na osobności, paniusiu. Porozmawiam z tobą i Fredem… i tym razem chcę prawdy. – Odwróciłem się w stronę kokpitu. – Siggy, wypuść pozostałych. Każ im pójść do saloniku. Mają tam siedzieć, dopóki się stąd nie wyniesiemy.

– Opuszcza pan układ? – zapytała Abigail, odstawiając na stół pusty kubek.

– Oczywiście. Nie zostaniemy tutaj.

– Trzeba sprawdzić, czy ktoś nie przeżył. Po całym budynku rozsiane są kryjówki. Musi pan…

– Teraz nie możemy się tym przejmować. Jeśli Fratley zobaczy, że się tu ociągam, będzie po nas wszystkich.

Zaczęła coś mówić, ostatecznie jednak zamknęła usta. Byłem pewny, że nie chce stąd uciekać, ale także zdawała sobie sprawę z naszego położenia.

– No i wiedz, że nadal zamierzam otrzymać za to zapłatę – oświadczyłem.

Zostawiłem ją tam, zająłem miejsce w kokpicie i uruchomiłem silniki.

12

Zbuntowana Gwiazda dryfowała na orbicie wokół księżyca Damos III, układu niezbyt oddalonego od Arkadii. Czworo członków Kościoła Ojczyźnianego oraz mała albinoska siedzieli w saloniku i czekali na to, co im powiem.

A ja nie bardzo wiedziałem, jak zacząć.

– Co się, u licha, dzieje? – zapytałem w końcu.

Octavia wstała i spojrzała na Lex.

– A może pójdziemy się trochę pobawić?

Twarz dziewczynki rozjaśnił szeroki uśmiech.

– Okej!

– Przyjdę po was, kiedy skończymy – odezwała się Abigail.

– Nie spieszcie się. – Po tych słowach Octavia i Lex wyszły z saloniku.

Dopiero wtedy Abigail zwróciła się do mnie:

– Chętnie panu wszystko opowiem, panie Hughes, ale najpierw potrzebuję swoistego zabezpieczenia.

– To tak nie działa, mniszko. Po pierwsze, powiesz mi, co konkretnie robicie z tym dzieckiem. Potem zdecyduję, czy chcę ci dać jakiekolwiek zabezpieczenie.

– Nie mogę ot tak…

– Jeśli ci się nie podoba, tam jest śluza. – Wskazałem na tył statku.

– Jestem pewny, że kapitan wykaże się zrozumieniem – powiedział Fred.

– Z pewnością – dodał doktor Hitchens. – Doskonale sobie radzi z naszą ochroną, nie sądzicie?

– Robi to tylko dlatego, że mu za to płacą – burknęła Abigail.

To prawda. Aż do niedawna miałem obiecaną zapłatę. I to hojną. W obecnej sytuacji nie miałem powodu, aby pomagać tym ludziom, z wyjątkiem mało konkretnej szansy na to, że otrzymam rekompensatę za poniesione straty.

– Nie zostawię was na pastwę losu. Może tak być na początek?

Fred skinął głową.

– Widzisz? Nic się nie stanie, jeśli mu powiemy.

– W porządku – westchnęła zrezygnowana Abigail. – Ale powinien pan wiedzieć, że pana zabiję, jeśli spróbuje nas pan wydać.

Ta kobieta była tak szczera, że mało się nie roześmiałem. Wcale nie dlatego, że to było zabawne, o nie. Dlatego, że nie znałem nikogo z takimi jajami.

– Rozumiem.

Wzięła głęboki oddech.

– Lex nie jest taką sobie zwykłą dziewczynką – zaczęła. – Jest częścią czegoś większego.

– Co masz na myśli? – zapytałem.

– Przed laty, jeszcze zanim Kościół się o niej dowiedział, mała Lex mieszkała na niewielkiej planecie zwanej Deo. To teren rolniczy, dlatego nie budzi zainteresowania Unii. Lex tam mieszkała, kiedy znalazła ją grupa naukowców i zabrała na dalsze badania.

– Ale dlaczego to zrobili? – chciałem wiedzieć.

– Dlatego, że była inna. Nie tylko nie przypominała wyglądem pozostałych mieszkańców swojej wsi, ale i miała na ciele dość niezwykły tatuaż. Jestem pewna, że go pan widział.

Odparłem, że owszem.

– Ten tatuaż ma pewne właściwości nieznane wcześniej Unii.

– Właściwości?

Kiwnęła głową.

– Pamięta pan fotel, na którym siedziała w tamtych ruinach? Jej tatuaż aktywował mapę. To dzięki niemu udało nam się ją zobaczyć. Był kluczem.

– Zrobił to jej tatuaż? Ale jak?

– Nikt nie ma pewności. Uważa się, że jest bezpośrednio powiązany z pewną technologią.

– Prastarą – dodał Hitchens. – A konkretnie z utraconą inżynierią starej Ziemi.

– Unia namierzyła Lex dzięki plotkom – kontynuowała Abigail. – Mówiły one o tym, że na pole spadła z kosmosu kapsuła i że jego właściciel znalazł w środku niemowlę z dziwnym znakiem. Kiedy na Deo przybyło w interesach dwóch unijnych kupców, usłyszeli te plotki i zapragnęli poznać dziewczynkę z tatuażem. Byli zaszokowani, kiedy się przekonali, że ona rzeczywiście żyje. Wieści te dotarły w końcu do departamentu naukowego Unii i nie minęło wiele czasu, a odszukano Lex.

– Nie wiemy, czy Unia domyśliła się związku pomiędzy tatuażem Lex a Ziemią – wtrącił Fred. – Za to na pewno zrozumiano, że w tej dziewczynce kryje się coś ważnego.

– Z tego, co widziałam w laboratoriach, przeprowadzano

na niej eksperymenty, próbując replikować właściwości tatuażu – wyjaśniła Abigail.

– Czym on konkretnie jest? – zapytałem.

– Jak już mówiłam, jest kluczem, ale nie wiemy, w jaki sposób i nie wiemy dlaczego – odparła. – Wiemy jedynie, że rzeczywiście działa.

– W skrócie, kapitanie – wtrącił Hitchens – wygląda to tak, że ta dziewczynka kryje w sobie klucz do odnalezienia Ziemi. Niewykluczone, że tylko w taki sposób możliwe jest jej odnalezienie.

– Jeśli Unia dorwie ją znowu w swoje łapska, w końcu dowie się tego, co my już wiemy. Że Lex jest łącznikiem z Ziemią. A wtedy unijny rząd zrobi wszystko, co w jego mocy, aby za wszelką cenę wydostać z tego tatuażu skrywające się w nim sekrety – oświadczyła Abigail.

– Co ich wcześniej powstrzymało? – zainteresowałem się.

– Ten tatuaż jest tak naprawdę organiczny i funkcjonuje dzięki biologii Lex. Unia zdaje sobie sprawę z tego, że jeśli ona umrze, to wszelkie informacje przepadną – wyjaśnił Fred.

– Kiedy ją zabrałam, pracowano nad sposobem ich wydostania – kontynuowała Abigail. – Nie mogłam dopuścić do tego, aby im się udało, dlatego wkroczyłam do akcji, zanim jeszcze byliśmy gotowi. I wtedy się wszystko posypało.

– Masz na myśli senatora – domyśliłem się.

Kiwnęła głową.

– Podczas naszej ucieczki zwiedzał akurat ośrodek badawczy. Jego ludzie próbowali nas powstrzymać, ale udało nam się przemknąć. Senator nigdy nie stanowił części planu.

– Kiedy mówisz „my", masz na myśli siebie i Lex?

– Pomagał mi ktoś jeszcze – odparła Abigail. – Miał na imię

Peter. Zginął w czasie ucieczki. Wtedy, co i senator. W jednym z korytarzy doszło do strzelaniny. Ja chroniłam Lex, a Peter nas osłaniał.

– To nie twoja wina – zapewnił ją Fred.

– Pewnie, że twoja – fuknąłem. – Biegliście na oślep i sfuszerowaliście robotę. Co ty myślałaś, że się stanie?

Spojrzała na mnie, ale w jej wzroku nie było zacietrzewienia.

– Nic mi nie musi pan mówić.

Jej odpowiedź mnie zaskoczyła.

– A więc przyznajesz, że spierdoliłaś sprawę. To dobrze. Wyciągnij z tego wnioski na przyszłość. Masz pod opieką tę małą, więc nie możesz znowu dać ciała.

Kiwnęła głową.

Po chwili milczenia Freddie odchrząknął.

– Co teraz zrobimy, kapitanie? Ma pan plan?

– Nie odwiozę was do Kościoła – odparłem szczerze. – Ale nie zostawię was także na pastwę losu.

Abigail podniosła na mnie wzrok.

– Co ma pan przez to na myśli?

– Wisicie mi kupę kasy, paniusiu. Wszyscy. Spodziewam się, że znajdziecie jakiś sposób na to, aby mi zapłacić, i to migiem.

Hitchens, który jak na razie prawie wcale się nie odzywał, uniósł palec.

– Możliwe, że mam jakieś dodatkowe środki.

– Jakie?

– Kościół niedawno przelał mi ładną sumkę na pokrycie wydatków związanych z badaniami. To coś w rodzaju grantu.

– Ile? – chciałem wiedzieć.

– O ile dobrze pamiętam, dziesięć tysięcy – odparł, stukając się w podbródek. – Czy to wystarczy?

– W żadnym razie, ale to już coś. Ktoś jeszcze?

– Ja nie mam żadnych pieniędzy. Jestem przekonany, że coś wymyślimy – bąknął Fred.

– Oby, bo jeśli tego nie zrobicie, wszyscy będziemy mieli przechlapane. Możliwe, że nie widzieliście tego kolesia, który dowodził tamtą małą flotą. Nazywa się Fratley i jest bezwzględny. Jeśli się dowie, że ukrywacie się na tym statku, czekają was tortury i śmierć.

– Postarajmy się uniknąć takiego losu – rzekł z mocą Freddie.

– Musi istnieć jakiś sposób – dumał Hitchens. – Proszę powiedzieć, kapitanie, zna pan kupców obracających reliktami czy antykami?

– Możliwe, że znam jednego takiego człowieka. – Natychmiast pomyślałem o Olliem na Taurusie.

– W takim przypadku niewykluczone, że rozwiązanie znajduje się na wyciągnięcie ręki.

– Jak to? – zapytał Fred.

– Pamiętacie Kartografa na Epsilonie?

– Jak miałbym zapomnieć? – zaśmiałem się gorzko. – Taki atak ze strony stada dzikich zwierząt potrafi się nieźle wryć w pamięć.

– No więc takich ruin jest tam o wiele więcej. Razem z Octavią i innymi badaczami z Kościoła przez kilka lat przekopywaliśmy się przez tamtą planetę. Odkryliśmy mnóstwo artefaktów, które zapewne byłyby warte majątek.

– A gdzie teraz są te relikty? – zapytałem.

– W pewnym miejscu blisko Arkadii. Jeśli pan chce, mogę podać dokładne koordynaty.

– Ale to nie są tego rodzaju rzeczy, które jedna osoba uważa za cenne, a potem się okazuje, że to kupa śmieci?

Hitchens zamachał rękami.

– Nie, nie. Zapewniam pana, kapitanie, że te relikty mają niemałą wartość.

Zastanawiałem się nad tą ofertą. Jeśli miał rację, to by znaczyło, że pozbędę się w końcu Fratleya. Jeśli te relikty okażą się nic niewarte, możliwe, że będę miał za mało czasu na inną robotę. Miałbym wtedy przerąbane.

– Okej – powiedziałem w końcu. – Niech wam będzie. Nie zostałem renegatem dlatego, że to takie proste. Przekonajmy się, co pan potrafi, profesorze.

– Nie jestem profesorem – zaprotestował Hitchens.

– Mniejsza z tym. Siggy, słuchasz?

– Jak zawsze – odezwał się Sigmond.

– Odpal silniki. Mamy śmieci do rozszabrowania. – Wyciągnąłem rękę do Hitchensa. – No to poda mi pan te koordynaty. Nie ma czasu do stracenia.

Rozważałem, czy nie wysłać prośby o rozmowę z przebywającym na Taurusie Olliem, ale ostatecznie zrezygnowałem z tego pomysłu. Ostatnie, czego mi było trzeba, to aby ktoś przechwycił sygnał i nas podsłuchał. Niby gal-net był bezpieczny, ale różne rzeczy miałem okazję słyszeć. Podobno Unia zatrudniała trackerów do wychwytywania kluczowych słów, a nie mogłem ryzykować, że zostanę namierzony przed dostarczeniem towaru. Będę musiał liczyć na to, że Olliemu uda się opchnąć te rzeczy. Jeśli okażą się przyzwoite, nie będzie problemu. Musiałem po prostu zaczekać i się tego dowiedzieć.

Miejsce, o którym mówił Hitchens, znajdowało się na dużej asteroidzie w układzie zwanym DX192-9444-0. To tego rodzaju miejsce, gdzie nikt nie bywa, bo prawie niczego tam nie ma.

Jedna planeta, owszem, ale wypełniona gazem, z powierzchnią składającą się z oceanów wodorowych i praktycznie niczego innego. Trudno to uznać za miejsce, które miałoby się ochotę odwiedzić.

Według gal-netu istniały teorie, że kiedyś znajdowała się tutaj inna planeta, bliżej gwiazdy, ale ostatecznie eksplodowała, tworząc pas asteroid. Większość wierzyła, że powodem eksplozji było uderzenie planetoidy. Odniosłem wrażenie, że nikt nie ma pewności, co rzeczywiście się stało.

Tak czy inaczej rzadko kiedy ktokolwiek się tu zapuszczał. Pas został wyeksploatowany, a następnie porzucony, tak jak wiele innych układów, których złoża się wyczerpały.

– Celem naszej podróży jest jedna z większych asteroid – oznajmił Sigmond, kiedy wlecieliśmy w pas.

– Prowadź nas tam – poleciłem.

– Mam przygotować dla pana prom?

– Jasne i powiedz Abigail i Freddiemu, aby spotkali się ze mną w ładowni.

– Dobrze, proszę pana – odparła AI.

Wyszedłem z kokpitu i zobaczyłem, że Lex biega po saloniku. Coś tam do siebie mamrotała, jak to mają w zwyczaju dzieci, kiedy przebywają we własnym świecie.

– Hej, panie Hughes, przepraszam.

Odsunąłem się, pozwalając jej przejść.

– Ostrożnie – rzekłem. – Jeśli się potkniesz i przewrócisz, nie będę cię zbierał.

– Sorki – bąknęła.

– Co trzymasz w ręce? – zapytałem.

Pokazała mi swoją zabawkę, niewielki statek.

– Abby mi to dała w kościele. Nazywa się Jerry.

– Jerry? A co to za nazwa dla statku?

– Nie wiem. Tak się nazywa i już – rzekła takim tonem, jakby nie miała z tym nic wspólnego.

– A tak w ogóle co tu robisz sama? Mniszka ma ciebie dosyć?

Pokręciła głową.

– Abby rozmawia z doktorem. Nudziło mi się, więc tu przyszłam.

– Bystra dziewczynka – pochwaliłem ją. – No dobrze, to wracaj do tej swojej zabawy.

Uśmiechnęła się i ponownie puściła się biegiem.

Wyszedłszy z saloniku, szybkim krokiem udałem się do ładowni, gdzie zastałem Freddiego i Abigail. Ku memu zaskoczeniu towarzyszył im Hitchens.

– Potrzebuję tylko was dwojga. Doktor może zaczekać w saloniku albo swojej kajucie.

– Będzie wam potrzebna pomoc w zlokalizowaniu właściwych przedmiotów – oświadczył Hitchens. – Żadne z was nie zna się na mojej pracy.

– On ma rację – przyznała Abigail.

– Może i tak, ale musi tu zostać.

– A dlaczego? – zapytał badacz.

– Dlatego że nie ma pan własnego skafandra, a jest pan za gruby, aby zmieścić się w mój – odparłem bez owijania w bawełnę.

Freddiemu opadła szczęka.

– Och – mruknął Hitchens. – Rozumiem. Cóż, ma to w sumie sens.

– Może pan nami kierować stąd. Na każdym skafandrze znajduje się kamera, która łączy się bezpośrednio z systemami na statku. Sigmond podłączy pana do ekranu w saloniku.

– Zgadza się. – Z głośnika dobiegł dudniący głos Siggy'ego.

– Ach, to sporo ułatwi – stwierdził Hitchens.

– Mam nadzieję, że poradzicie sobie ze spacerem w przestrzeni kosmicznej – zwróciłem się do Abigail i Freda. – Skafandry znajdziecie w tamtej szafce. Ubierzcie się i ruszamy.

– Z-zaraz – wyjąkał Fred. – Nie wiem, czy sobie poradzę. Znieruchomiałem.

– Hę?

– Nigdy nie odbyłem mikrograwitacyjnego spaceru.

– Że co? – zapytałem.

– Nie było powodu, abym robił coś takiego.

Nawet Abigail była zaskoczona.

– Nie odbyłeś szkolenia? W większości unijnych światów wymaga się tego, zanim uzyska się pozwolenie na latanie.

– Pochodzę z Shadderack. Nasz program szkoleniowy można określić jako minimalistyczny.

– Shadderack? – zapytał Hitchens.

– To mniej znana kolonia. Nie odbywamy często podróży w kosmos, więc większość mieszkańców w ogóle nie ma powodu, aby opuszczać planetę. Ja uczyniłem tak tylko dlatego, że moja edukacja wymagała…

– Przejdź do sedna, Freddie – przerwałem mu.

– Przepraszam. No więc wygląda to tak, że na godzinę zanurzamy się w wodzie, chodzimy sobie i to tyle. Instruktor składa podpis i jesteśmy wolni. Unii to nie przeszkadza, bo przecież mało kto z Shadderack opuszcza planetę, nie mówiąc o Układzie Słonecznym.

Podszedłem do szafki i wyjąłem z niej kask.

– Cóż, dzisiaj nabierzesz doświadczenia. – Wepchnąłem mu w ręce kask. – To będzie lepsze niż jakiekolwiek szkolenie.

Abigail wyjęła z szafki jeden ze skafandrów i wręczyła mi go.

– Miejmy to już za sobą.

– I to mi się podoba – odparłem, uśmiechając się szeroko do mniszki.

13

Stojąc na asteroidzie, obserwowałem, jak moi towarzysze wysiadają z niewielkiego promu.

Freddie mało się nie przewrócił. Musiałem jednak przyznać, że kiedy już stanął na skalistym podłożu, szybko nabierał wprawy.

Abigail włączyła wbudowaną w skafander latarkę, rozświetlając powierzchnię asteroidy.

Dotknąłem boku promu i odłączył się od niego płaski fragment metalu. Rozłożył się, tworząc duży wózek z odpinaną rączką. Zdecydowanie ułatwi nam transport przedmiotów, kiedy już je zlokalizujemy.

Niedaleko od nas wypatrzyłem fragmenty urządzeń wiertniczych, z których większość zapewne była niesprawna. W gal-necie znalazłem informacje o tym, że jakieś dwadzieścia lat temu trwały tu prace wydobywcze, co oznaczało, że sprzęt był archaiczny i nieprzydatny.

– Hitchens, słyszy mnie pan? – zapytałem, mówiąc przez wbudowany w skafander komunikator. – Daj mi pan znać, że tam jesteś.

– Czy to jest już włączone, Sigmondzie? Słyszy mnie pan? – zapytał doktor.

– Słyszę – potwierdziłem.

– Chyba mnie nie słyszy – powiedział archeolog.

Przewróciłem oczami.

– Siggy, słyszysz mnie?

– Tak, proszę pana.

– Przekaż Hitchensowi, że ma się zamknąć i powiedzieć w którą stronę mamy iść.

– Och, już działa. Kapitanie, z tej strony doktor Thadius Hitchens. Słyszy mnie pan?

– Tak.

– Wyśmienicie! No dobrze, jeśli jesteście gotowi, chętnie was poprowadzę.

– Byle szybko – rzuciłem.

– Musicie pójść przed siebie. Widzi pan tę skałę? Tę, która wyglądem przypomina wielkie oko? Kawałek za nią znajduje się wejście do kopalni. To wasz cel.

– I tyle? – zapytałem zaskoczony tym, jak proste okazały się instrukcje.

– Nie do końca. Gdy wejdziecie do środka, zobaczycie, że tunel rozdziela się na wiele innych. Jeśli macie dotrzeć do składziku, będziecie musieli iść zgodnie z moimi wskazówkami.

– Słyszeliście go? – zapytałem swoich towarzyszy.

– Jasno i wyraźnie – przytaknęła Abigail.

Oboje spojrzeliśmy na Freddiego, który wyglądał na zaaferowanego zieloną skałą.

– Fred? – zapytałem go.

Przeniósł wzrok na mnie.

– Och, przepraszam. Ja tylko…

– Słuchałeś w ogóle? – zapytała Abigail.

Wyraźnie się zawstydził.

– Najmocniej przepraszam.

– Chodź – rzuciłem i pchnąłem wózek. – Mamy robotę do wykonania.

Minęliśmy skałę, o której wspomniał Hitchens – według mnie przypominała nie tyle oko, ile jądro, aczkolwiek zatrzymałem tę uwagę dla siebie.

Chwilę później dostrzegłem rzeczoną kopalnię. Wejście do jaskini dało się zobaczyć tylko wtedy, kiedy się stało na wprost niego. Jedynymi śladami świadczącymi o aktywności były przemysłowe wiertarki przytwierdzone łańcuchami do podłoża.

– Okej, doktorku, prowadź – rzuciłem do komunikatora, kiedy weszliśmy do jaskini.

Przede mną ciągnął się długi korytarz, od którego odchodziły kolejne. Trudno było cokolwiek zobaczyć bez włączenia lampki na kasku. Ustawiłem ją od razu na najsilniejszą moc. W jaskini nie było płaskich ścian ani podłogi. Wszystkie powierzchnie okazały się nierówne i poszarpane.

– Będziecie musieli dezaktywować funkcję grawitacji – zasugerował Hitchens. – Nie da się tam dojść na piechotę.

– Jeśli tu zginę, Hitchens, dorwę cię – ostrzegłem, postępując zgodnie z jego sugestią.

Bez funkcji sztucznej grawitacji w skafandrze uniosłem się nieco nad ziemią. Rękę trzymałem na wózku, który dla lepszej kontroli miał wbudowane minisilniki.

Abigail i Fred poszli za moim przykładem – oboje się uchwycili rączki wózka.

– Dokąd, Hitchens? – zapytałem w końcu.

– Pierwszy korytarz po lewej stronie, potem po prawej, potem prosto, potem idźcie prosto... potem mińcie dwa... nie, trzy przejścia i skręćcie w następne po lewej stronie. Na koniec...

– A może będzie nam pan to mówił w trakcie drogi? – zasugerowałem.

– Ach, tak. Przepraszam – zmitygował się. – Skręćcie w pierwszy korytarz po lewej stronie.

Ruszyliśmy przed siebie, powoli się przemieszczając w ciemnościach. Chwilę później skręciłem wózkiem w lewo. Kontynuowaliśmy drogę, a Hitchens prowadził nas przez ten labirynt korytarzy. Nie miałem pojęcia, jak górnikom udawało się w takim paskudnym miejscu cokolwiek robić. W przeciwieństwie do księżyców czy planet tutaj nie istniały północ ani południe, przez co nie miało się poczucia orientacji w terenie. Szło się do przodu albo do tyłu, w otoczeniu tych samych kamiennych ścian. Czułem się jak zagłębiający się w ziemię owad.

Po kilkunastu minutach dotarliśmy do końca ostatniego tunelu i znaleźliśmy wejście do czegoś w rodzaju jaskini. Nie było tu drzwi ani żadnego rodzaju zabezpieczenia. Gdy się zbliżyliśmy, dostrzegłem, że w zasadzie nic tu się kryje. Czyżbyśmy w którymś momencie źle skręcili?

Nim zdążyłem się odezwać, w komunikatorze rozległ się pełen satysfakcji głos Hitchensa.

– Ach, no i jesteśmy!

– Naprawdę? – zdziwił się Freddie. – Tu nic nie ma.

– Naturalnie, bo to tylko hol. Na tylnej ścianie powinien znajdować się panel. Widzicie go?

No i proszę, oto naszym oczom ukazał się ukryty w kącie jaskini panel kontrolny. W pierwszej chwili trudno go było wypatrzyć, bo miał ten sam zielony kolor co ściana. Freddie do niego podpłynął i otworzył, odsłaniając klawiaturę.

– Mamy to – rzekł.

– Doskonale – ucieszył się Hitchens. – Musicie teraz wstukać następujący ciąg cyfr: 6-6-4-2-9.

– Zajmiesz się tym, Fred? – zapytałem badacza.

– Nie ma sprawy – odparł.

Wstukał odpowiednie cyfry. Każdej towarzyszyło głośne kliknięcie, a potem…

Nic.

Staliśmy w milczeniu, czekając, aż coś się wydarzy.

– Na pewno dobrze to zrobiłeś? – zapytała w końcu Abigail.

– 6-6-4-2-9 – Freddie powtórzył dokładnie to, co wcześniej usłyszał od doktora.

– Chwilę cierpliwości – powiedział Hitchens.

Sekundę później ziemia zadrżała, następnie ściana podjechała pod sufit.

– No i proszę – rzekł Fred.

– Aha! – zaśmiał się Hitchens. – Wybaczcie te zabezpieczenia. Tej instalacji nie można uznać za wzorową, niemniej jest skuteczna.

– Mniejsza z tym – rzuciłem i przefrunąłem przez wejście. – Bierzmy to, po co przyszliśmy, i się zmywajmy.

W schowku znajdowały się artefakty podobne z wyglądu do tego, co miałem okazję widzieć w Epsilonie. Nie miałem pojęcia, czy którykolwiek z nich jest jeszcze sprawny, ale nie szkodzi. Byłem przekonany, że jakiś nadziany dupek gdzieś w galaktyce zapłaci kupę kasy, by dorwać w swoje łapska te śmieci.

Skoro Ollie mógł sprzedawać ozdoby wykonane ze starego, znalezionego w kontenerze na śmieci drutu, to dlaczego nie to?

Gdy wszedłem do tego ostatniego pomieszczenia, poczułem nagły ciężar swojego ciała i upadłem na ziemię.

– Rany boskie! – wykrzyknął Hitchens. – Powinienem był wspomnieć, że w tej części kopalni zainstalowaliśmy sztuczną grawitację. Bądźcie ostrożni.

– Może następnym razem szybciej nas pan ostrzeże? – zapytałem, wstając z ziemi.

– Najmocniej przepraszam – kajał się doktor.

Jaskinię wypełniały skrzynie i zabezpieczone folią urządzenia. Panował tu idealny porządek. Wchodząc do środka, Fred niechcący uderzył nogą w jeden z kartonów, przewracając go. Usłyszałem, jak coś się tłucze.

Spojrzeliśmy na niego razem z Abigail. Pokręciłem głową.

– Naprawdę, Freddie?

– Bardzo przepraszam – bąknął, próbując uratować to coś, co się potłukło.

– Uda ci się już niczego nie zepsuć? – zapytała Abigail. – A może zaczekasz na zewnątrz?

– Nie, obiecuję, że będę bardziej uważał, siostro.

Zachichotałem.

– Siostra daje ci wykład.

Abigail odwróciła się i zgromiła mnie wzrokiem.

– Małe ostrzeżenie, kapitanie – odezwał się Hitchens. – Musicie zachować wyjątkową ostrożność w przypadku ładunku oznaczonego kolorem żółtym. To są rzeczy szczególnie delikatne, które mają większą wartość.

Zobaczyłem, jak Freddie ogląda przewrócony karton. Na widok żółtego oznaczenia ściągnął brwi.

Ponownie pokręciłem głową.

– Biedny, biedny Freddie.

Załadowaliśmy na wózek, co się dało, i zaczęliśmy się kierować ku wyjściu. Droga powrotna okazała się nieco prostsza, aczkolwiek nie mam pojęcia, co byśmy zrobili bez prowadzącego nas Hitchensa. W jaskini zostało tyle rzeczy, że czekało nas jeszcze kilka takich wycieczek, byłem jednak pewny, że do końca dnia się wyrobimy.

Na szczęście ładowanie kartonów na tył promu okazało się znacznie łatwiejsze niż praca w jaskini. Byłem w stanie unieść karton jedną ręką, podczas gdy wcześniej wymagało to pomocy ze strony Freddiego.

Szybko się uwinęliśmy z przerzucaniem towaru, po czym wróciliśmy do kopalni. Przez jakiś czas wszystko szło sprawnie i bez zakłóceń. Stało się wręcz rutyną. Przejście przez kopalnię, ładowanie wózka, powrót do promu, przeładunek. Powtórka.

Po zapełnieniu całego wahadłowca artefaktami wróciliśmy na Gwiazdę, zapakowaliśmy wszystko do ładowni, po czym wróciliśmy po kolejną partię.

Dopiero kilka godzin później wszystko się spierdoliło.

– Proszę pana – zaczął Sigmond, kiedy ładowaliśmy rzeczy do wózka. – Coś wykrywam.

Przerwałem pracę.

– O co chodzi, Siggy?

– W układzie pojawił się tunel ślizgu. Wygląda na to, że mamy w okolicy jakiś statek.

– Jakiś statek? Widzisz, co to za jeden?

– Niestety nie. Mam aktywować pelerynę?

– Zrób tak – poleciłem. – A my wracamy. Spodziewaj się nas niedługo.

– Co się stało? – zapytała Abigail.

– Wygląda na to, że mamy towarzystwo. Idziemy.

– A co z resztą…

– Odpuszczamy. Zabraliśmy wystarczająco dużo towaru. Wracamy na Gwiazdę.

Najszybciej, jak się dało, przemieszczaliśmy się przez korytarze, lecz brak grawitacji znacząco nas spowalniał.

Gdy dotarliśmy do promu, od razu zapakowaliśmy się do środka. Zamknąłem drzwi i uruchomiłem silniki.

– Siggy, wracamy. Bądź gotowy na odlot od razu, jak się znajdziemy na pokładzie – rzuciłem do komunikatora.

Wahadłowiec oderwał się od asteroidy, na chwilę znieruchomiał, po czym w końcu wystartował. Manewrowaliśmy przez pas, omijając całkiem sporo potężnych skał, które bez problemu mogły nas zmiażdżyć.

– Jesteśmy prawie na miejscu – rzekłem do pozostałych.

– Proszę zachować ostrożność – ostrzegł mnie Sigmond. – Ten statek zbliża się do pańskiej lokalizacji. Raczej nie jest świadomy naszej obecności, ale…

Promem ostro zatrzęsło, w momencie kiedy mało nie trafiła w nas torpeda.

Odłupała od asteroidy kawał skały i ją roztrzaskała, przez co promem zaczęło obracać.

– Ja pierdolę! – wrzasnąłem, gdy zaczęliśmy opadać w stronę skały, którą dopiero co opuściliśmy.

Uruchomiłem stabilizator i przełączyłem na sterowanie manualne, próbując przejąć kontrolę nad promem. Prawie się udało, ale mieliśmy za mało czasu. Zamiast wyrównać poziom, spadliśmy na skałę i prześlizgnęliśmy się jakieś pięćdziesiąt metrów, by w końcu się zderzyć z niewielkim klifem.

Drzwi i pulpit wypluły z siebie biały, wypełniony powietrzem materiał, chroniąc nasze ciała przed siłą uderzenia.

Freddie krzyknął i walnął głową o fotel Abigail. Z nosa poleciała mu krew.

Kiedy prom w końcu się zatrzymał, spojrzałem na mniszkę.

– Nic ci nie jest?

Szybko oddychała, a w jej oczach malowała się konsternacja.

– Hej, Abby. Spójrz na mnie. – Położyłem rękę na jej ramieniu. – Skup się na tym, co mówię. Spójrz na mnie. Hej!

Odwróciła się i próbowała skupić na mojej twarzy. Oczy miała rozbiegane.

– Co… się stało?

– Chwila.

Spod pulpitu wyciągnąłem małą czerwoną apteczkę. Wyjąłem z niej skaner i go uruchomiłem, po czym przesunąłem urządzeniem wzdłuż jej głowy i klatki piersiowej, sprawdzając, czy nie ma jakichś obrażeń czy opuchlizny.

Fred odchylał głowę i zasłaniał dłonią krwawiący nos. Chwyciłem go za rękę.

– Niech leci, idioto! – warknąłem. – Doprowadzisz w ten sposób do zatoru płucnego.

– P-przepraszam. Czy siostrze Abigail nic się nie stało? – zapytał, w sposób oczywisty niepokojąc się bardziej o nią niż o siebie.

– Ma parę siniaków, ale żadnych złamań – odparłem, wyłączając skaner. – Abby, jesteś tutaj?

Nieobecne spojrzenie w końcu zniknęło. Kilka razy zamrugała i spojrzała na mnie.

– J-jestem. Wszystko w porządku.

– Kurwa mać. – Walnąłem pięścią w fotel. – Kim są te skurwysyny? Każę Siggy'emu przestrzelić im…

– Intruzi, proszę o uwagę – dobiegł z komunikatora głos. Brzmiał jak automatyczna wiadomość. – Naruszacie terytorium Sarkonian. Przygotujcie się do kapitulacji.

– Kim są Sarkonianie? – zapytał Fred.

Zastukałem w komunikator.

– Co to, do chuja pana, znaczy? Chcę rozmawiać z waszym przedstawicielem.

– Przygotujcie się do kapitulacji.

Zakląłem i ponownie walnąłem w fotel. Nie licząc Fratleya, Sarkonianie byli ostatnimi osobami, z którymi chciałem mieć w tej chwili do czynienia. Lubili konfiskować statki, które według nich znajdowały się na ich terytorium, ale jako że Sarkonianie nie mieli ściśle określonych granic, ich żądania okazywały się niemożliwe do przewidzenia. Na Martwoziemiach obowiązywała praktyczna zasada, że na widok sarkonijskiego statku zawracało się i jak najszybciej brało nogi za pas.

– Siggy, przeskanuj ten statek i powiedz mi, z czym mamy do czynienia.

– Kłopoty? – zapytał Freddie.

Uniosłem palec, aby go uciszyć.

– Nie, jeśli mam coś w tej kwestii do powiedzenia.

– Wykrywam jedno poczwórne działo, a kadłub jest tylko drugiego gatunku – oznajmił Sigmond.

Freddie oderwał od nosa kawałek materiału.

– Aż tak źle?

– Owszem, ale dla nich – odparłem i otworzyłem drzwi. – Siggy, przygotuj się, aby wykopać z nieba tych skurwysynów, słyszysz?

– Słyszę, proszę pana – odparła AI.

Wstałem i wbiłem spojrzenie w zbliżający się sarkonijski statek.

– Pora pokazać tym głupcom, że nie warto zadzierać z Renegatem.

Stojąc z pistoletem w jednej ręce, drugą zamachałem do statku wroga.

– Właśnie tak, idioci. Chodźcie tu do mnie.

Gdy Sarkonianie się do nas zbliżyli, otworzyli prowadzące do ładowni drzwi. Ze środka wysunął się bezzałogowy prom i ruszył w naszą stronę. Byłem pewny, że gdyby im się udało, jeszcze dziś wylądowalibyśmy w jakiejś kopalni rudy żelaza.

Pechowo dla nich, Siggy i ja mieliśmy inne plany.

Zanim prom oddalił się od sarkonijskiego statku o sto metrów, zza innej asteroidy wychynęła Zbuntowana Gwiazda i zaczęła ostrzał wroga.

Pociski wystrzelone przez poczwórne działo wyraźnie ich zaskoczyły. Ja się z kolei zdziwiłem, że ten statek to przetrwał, a nawet odpowiedział ogniem. Dzięki nieosiągalnej dla człowieka szybkości reakcji Siggy'ego Gwieździe udało się ukryć za kolejną asteroidą, pozwalając, aby przyjęła na siebie większość pocisków.

Oderwały się od niej skalne fragmenty, biegnąc we wszystkich kierunkach, w tym naszym.

– Wysiadka z promu! – poleciłem.

Chwyciłem za rękę Abigail i pociągnąłem ją za sobą. Razem z Fredem podjęliśmy próbę ucieczki w stronę kopalni.

W naszą stronę poszybowały trzy ogromne fragmenty skały i wbiły się w ziemię, miażdżąc nasz prom. Zakląłem pod nosem. Te cacka nie należały do tanich i nie dość, że miałem długi, to teraz jeszcze to.

Odsunąłem od siebie tę myśl i postanowiłem, że wkurwiać się będę później. Na razie biegłem, licząc, że się nie potknę i nie rozerwę tego cholernego skafandra.

Gdy dotarliśmy do skały w kształcie oka, kazałem Sigmondowi wystrzelić drugą rundę.

Tak zrobił i pociski trafiły sarkonijski statek w to samo miejsce co poprzednio, tworząc w podłodze wyrwy i sprawiając, że fragmenty ładunku pofrunęły w kosmos. Obserwowałem to na obrazie przekazywanym mi do przyłbicy przez Siggy'ego.

Statek wroga otworzył tunel ślizgu, próbując uciec, a ja wydałem rozkaz wystrzelenia jeszcze jednej serii.

Sigmond zrobił, co mu kazałem, posyłając w stronę wrogiego statku sześć ostatnich pocisków. Dwa zderzyły się z mniejszymi asteroidami, ale pozostałym udało się sięgnąć celu.

Sarkonianie nie byli w stanie zrobić nic, aby to powstrzymać. Kadłub pękł, po czym statek eksplodował, posyłając we wszystkich kierunkach chmury szczątków.

– O święci pańscy – mruknął Fred, gapiąc się na unicestwiony statek.

Spojrzałem na Abigail, która również przyglądała się temu, co się dzieje.

– Dobrze się czujesz? – zapytałem.

Nadal sprawiała wrażenie oszołomionej, aczkolwiek nieco mniej niż wcześniej.

– Po prostu chcę się stąd wydostać.

– To jest nas dwoje – zapewniłem ją.

Mogłem im nakazać dalszą pracę, próbę uratowania artefaktów ze zniszczonego promu, ale na pokładzie Gwiazdy mieliśmy wystarczająco towaru, aby uznać wyprawę za udaną. Nie było sensu narażać się na kolejny atak ze strony Sarkonian.

Statek przeleciał przez pole asteroidy, po czym zawisł nad nami i znieruchomiał.

– Gotowi do odlotu, proszę pana? – rozległ się głos Sigmonda.

– Da radę wylądować? – zapytał Fred.

– Nie ma tu wystarczająco szerokiego pasa płaskiej powierzchni, ale jestem pewny, że Siggy coś wymyśli.

– Proszę się odsunąć – powiedziała AI.

Tak zrobiliśmy, a statek zatrzymał się kilka metrów nad powierzchnią.

– Jeszcze niżej – poleciłem.

– Nie da się – odparł Sigmond.

Choć spodnia część statku znajdowała się nisko nad nami, to jednak nie dało się do niej dosięgnąć. Będziemy musieli jakoś sobie poradzić.

Machnięciem ręki przywołałem do siebie Abigail i Freddiego.

– Pora się zbierać – oświadczyłem, wskazując na statek.

Oboje podnieśli wzrok na drzwi podnośnika.

– Rozumiem, że mamy skoczyć? – zapytał Fred.

– I mieć nadzieję, że się uda – dodałem i splotłem dłonie. – Dawaj, pomogę ci.

Freddie umieścił stopę między moimi palcami, a ja go wypchnąłem i patrzyłem, jak unosi się w stronę drzwi. Gorączkowo wymachiwał rękami, aż w końcu dosięgnął podstawy windy.

– Udało się!

Odetchnąłem z ulgą, po czym spojrzałem na Abigail.

– Teraz ty.

– Poradzę sobie – zapewniła mnie i przykucnęła. Wzięła długi, głęboki oddech, po czym skoczyła.

Obserwowałem, jak pewnie frunie w stronę statku, idealnie celując. Dotarła do niego bez problemu i uchwyciła się poręczy, próbując się przez nią przetoczyć. Gdy to robiła, nagle mało jej nie puściła.

Freddie wyciągnął rękę, chwycił dłoń Abigail i wciągnął ją na pokład.

– Mam cię!

– Co się stało? – zapytałem.

Słyszałem jej ciężki oddech.

– Nic takiego, po prostu… – Urwała. – Przepraszam, zabolało mnie ramię. Już jest dobrze.

– To pewnie po tamtym zderzeniu – odparłem.

– Gotowy pan jest, kapitanie? – zapytał Freddie.

Kucnąłem i położyłem obie dłonie na skale pod sobą, następnie docisnąłem stopy do podłoża, by po chwili wyprostować się i pofrunąć prosto w stronę czekającej Gwiazdy.

Mało nie minąłem drzwi, ale jakaś ręka mnie chwyciła i przyciągnęła.

– Mam! – zawołała Abigail. Mocno mnie trzymała, zaciskając palce.

Fred uchwycił mój nadgarstek i razem wciągnęli mnie do środka. Gdy znalazłem się na pokładzie ładowni, sztuczna grawitacja statku sprawiła, że wylądowałem na tyłku, pociągając za sobą Abigail i Freda.

– Witam z powrotem na pokładzie – usłyszałem w uchu głos Sigmonda i w tym samym czasie winda zaczęła się zamykać. – Mam obrać kurs na Stację Taurus?

– To chyba dobry pomysł, Siggy – odparłem, czując nagły ból w dolnej części pleców.

Podbiegł do mnie Fred i podał rękę.

– Co teraz?

– Nic. – Odczekałem, aż ładownię wypełni tlen. Kiedy drzwi

zostały zaplombowane, zdjąłem kask i głęboko odetchnąłem. –
Straciliśmy prom i zdobyliśmy towar. Chyba wystarczy jak na jeden dzień, nie sądzicie?

14

Po długiej, porządnej drzemce i kubku kawy poszedłem sprawdzić, jak się czuje Abigail. Potrzebowała większej medycznej opieki, niż sądziłem. Użyty przeze mnie skaner nie zauważył wstrząśnienia mózgu, co wcale nie było zaskakujące. Ponad rok temu znalazłem to urządzenie w jednym z lombardów, ale nigdy nie musiałem z niego korzystać. Wyglądało na to, że kiepsko działa.

Znalazłem ją w towarzystwie Octavii, która, jak się okazało, miała całkiem spore doświadczenie w opatrywaniu ran.

– Jak się czuje? – zapytałem, kiedy drzwi się otworzyły.

Octavia wskazała na śpiącą na łóżku kobietę.

– Teraz odpoczywa, ale nic jej nie będzie.

– Gdzie się tego nauczyłaś?

– Należałam kiedyś do Unijnej Gwardii – wyjaśniła.

– Ty? – zdziwiłem się.

– Nie zawsze byłam asystentką doktora Hitchensa. W innym życiu byłam patriotką.

- Tam, skąd pochodzisz, tak się właśnie mówi na wojskowe psy?

Moja otwartość jej nie speszyła, a nawet jeśli, nie dała tego po sobie poznać.

- Unia nie zachowuje się okrutnie wobec każdego świata, panie Hughes - rzekła. - Urodziłam się na Androzji.

Androzja była stolicą Unii, stąd znałem tę nazwę, mimo że nigdy nie postała tam moja noga.

- Rany, w czepku się urodziłaś - stwierdziłem. - Na pewno wiodłaś bezproblemowe życie.

- Owszem - przyznała. - Swego czasu sądziłam, że tak jest w całym Imperium. Sądziłam, że wszyscy są szczęśliwi. Tak było do czasu, kiedy zobaczyłam na własne oczy odległe kolonie i zaczęłam rozumieć.

- Nie jestem pewny, czy powinienem się cieszyć w twoim imieniu, czy wprost przeciwnie. Wygląda na to, że sporo poświęciłaś po to, aby być czyjąś asystentką.

Kiwnęła głową.

- W sumie tak. Mój ojciec był chirurgiem na najbogatszej planecie w Unii. Mieliśmy tyle pieniędzy, że wystarczyłoby nam do końca życia. Ale łatwe życie to nie to samo co życie spełnione. Nie oznacza, że będzie się szczęśliwym. Wyrzekłam się tego, bo zapragnęłam czegoś więcej. Chciałam studiować historię, zajmować się badaniami.

- Czułaś się ograniczana - domyśliłem się.

- Kiedy mieszkałam w stolicy, miałam zaplanowane całe życie. Miałam wykonywać swoje obowiązki i służyć Unii, następnie pójść na studia medyczne, jak mój ojciec. Nikt mnie nie zapytał, czego pragnę. To było niczym życie w naprawdę komfortowym pudełku, gdzie zaspokajane są wszystkie twoje potrzeby, tyle że nie można z niego wyjść. Dla większości ludzi coś takiego jest wystarczające. Dla mnie okazało się klaustrofobiczne. Coś mi się wydaje, że pan to rozumie.

– Możliwe – odparłem krótko, nie rozwijając tematu. – Ile mi nie czasu, nim mniszka dojdzie do siebie?

Nie zbiłem jej z tropu tym nagłym pytaniem. Obejrzała się na łóżko Abigail.

– Panna Pryar musi przez jakiś czas odpoczywać. Proszę dać jej jeden dzień.

– Dzięki, że to ogarnęłaś. Mam wystarczająco dużo na głowie.

Lekko się uśmiechnęła.

– Z pewnością, kapitanie.

Już-już miałem zapytać, co ma przez to na myśli, ale się rozmyśliłem i zamiast tego wróciłem do saloniku.

Dumałem nad naszymi łupami z asteroidy. Nie miałem pojęcia, czy są cokolwiek warte, ale przy odrobinie tak bardzo mi potrzebnego szczęścia Olliemu uda się znaleźć nabywcę. Przypuszczalnie kogoś łasego na antyki. Miałem tylko nadzieję, że dostaniemy za to wystarczająco pieniędzy na pokrycie długu.

Hitchens siedział w saloniku razem z Freddiem i Lex, która oglądała jedną ze starych kreskówek z Foxy Stardust. Usiadłem bez słowa. Lex szeroko otwartymi oczami wpatrywała się w ekran. Hitchens czytał na tablecie jakiś artykuł, a Freddie jadł jabłko.

Dziwnie będzie po zakończeniu tej roboty wrócić do panującej na statku ciszy i spokoju. Nie po raz pierwszy miałem tylu pasażerów, ale ta misja zdecydowanie trwała dłużej od pozostałych.

Spodziewałem się, że po przylocie na stację się pożegnamy. Z pewnością wyczarterują nowy statek, z mniej niebezpiecznym kapitanem u steru. Mnie siedział na ogonie Fratley, a po tamtych szokujących wydarzeniach w Arkadii byłem pewny, że za wszelką cenę będą chcieli uniknąć spotkania z tym draniem.

Bez względu na to, co zrobią, miałem nadzieję, że nie dadzą się zabić.

– Przepraszam pana – usłyszałem w uchu głos Sigmonda. – Proszę wrócić do kokpitu. Jest coś, co musi pan zobaczyć.

– Co takiego, Siggy? – zapytałem zaskoczony tym, że nie korzysta z głośnika.

– Możliwe, że mamy problem.

Swobodnym krokiem wyszedłem z saloniku i bez słowa udałem się na przód statku. Zamknąwszy za sobą drzwi, usiadłem w fotelu.

Kilka chwil temu Gwiazda opuściła tunel ślizgu, więc przestrzeń wokół statku była cicha i spokojna. W oddali jarzyły się punkciki. Ani śladu kłopotów.

– O co chodzi? Widzisz coś, czego ja nie dostrzegam?

– Niedaleko drugiego końca kolejnego tunelu wykrywam unijny krążownik, proszę pana. Sądzę, że wkrótce się w nim znajdą.

Zamrugałem.

– Krążownik? I zmierza w naszą stronę?

– Tak mi się wydaje.

W mojej głowie pojawiło się od razu mnóstwo pytań. Czy to możliwe, że nas szukają? Unia odkryła naszą lokalizację i jakimś sposobem udało jej się namierzyć na pokładzie Lex? Jakaś nowa dyrektywa stanowiąca część ich niedawno wprowadzonego programu ekspansji granic? Słyszałem pogłoski, że parę razy zapuścili się na Martwoziemie, ale generalnie trzymali się własnej przestrzeni.

Czy Lex naprawdę mogła być dla nich taka ważna?

Miałem nadzieję, że przesadzam i że to coś zupełnie z tym niepowiązanego. Przy odrobinie szczęścia miniemy się w tunelu, mając zupełnie inny cel podróży. W Slipspace niemożliwe było skanowanie, więc jeśli tylko krążownik nie zboczy z kursu, nie mieliśmy się czym martwić. Jedyny powód do obaw stanowiło to, czy są w posiadaniu urządzenia zdolnego się przebić przez pelerynę. My ich widzieliśmy dzięki dalekosiężnym czujnikom, co w normalnych okolicznościach oznaczałoby to samo dla nich, ale tylko gdyby potrafili namierzyć pelerynę. W przeciwnym razie moglibyśmy wyjść z tego bez szwanku.

– Wlatują do tunelu – poinformował Sigmond.

– Ile czasu? – zapytałem.

– Do naszej obecnej lokalizacji dotrą mniej więcej za trzy godziny.

– Wejdź do tunelu zaraz za nimi. Odczekaj tylko, aż ten krążownik trochę już przeleci. Nie chcemy, aby widzieli nas, kiedy ukryjemy pelerynę.

– To może nie być takie proste, proszę pana.

– A to czemu?

– Jeśli wlecimy do tunelu w tym samym czasie co krążownik, najprawdopodobniej w tym samym czasie go także opuścimy. Ewentualnie wylecą krótko przed nami. Jeśli tak się stanie, nie uda nam się aktywować w porę peleryny.

Wiedziałem, że ma rację, i skląłem się w myślach za to, że wcześniej o tym nie pomyślałem. Jeśli wlecimy do tunelu teraz, krążownik wyłoni się przed nami. Jedyne, co będą musieli zrobić, to przeskanować przestrzeń za sobą, a zobaczą, że wylatujemy w miejscu, gdzie oni wlecieli. Nawet gdybyśmy odczekali godzinę czy dwie, i tak istniało ryzyko, że po naszym wyjściu z tunelu nas zobaczą.

– Moglibyśmy pozostać zapelerynowani w tej lokalizacji i czekać – zasugerował Sigmond.

– Nie, musi istnieć jakiś inny sposób, który nie każe nam czekać na przylot krążownika. Nie chcę ryzykować, że wykryją nas mimo peleryny. – Intensywnie się zastanawiałem. Jasne, przebiegały tutaj także inne tunele i mogliśmy wlecieć, do którego tylko chcieliśmy, ale taka zmiana trasy opóźni nasze przybycie na Taurusa najpewniej o cały dzień, a może nawet i więcej. – Siggy, a co, jeśli pozostaniemy w tunelu do czasu, aż znajdziemy się poza zasięgiem skanowania? Gdzie wtedy wylecimy?

– W przestrzeń kontrolowaną przez Unię.

– Znaleźlibyśmy się w pobliżu czegoś? Jakichś planet czy kolonii? Stacji kosmicznych?

– Według mapy gwiazd nie.

– Ile by potrwał powrót na Taurusa przy użyciu standardowych silników? – zapytałem.

– Sześć godzin – odparł Sigmond.

– A gdybyśmy skorzystali z któregoś z pobliskich tuneli? Ile zajęłoby to czasu?

– Nie licząc tego, przebiegają tędy trzy tunele, ale skorzystanie z okrężnej trasy spowodowałoby wydłużenie naszej podróży o trzy dni.

Moje myśli pobiegły do leżącej w łóżku Abigail; wiedziałem, że potrzebuje lepszego leczenia niż to, które mógł jej zapewnić mój statek. Jeśli będziemy zbyt długo czekać, może się to źle dla niej skończyć.

– Pieprzyć to, wlećmy w ten tunel i omińmy Taurusa. Na miejscu aktywuj pelerynę i zawróć.

– Już się robi, proszę pana.

Wysłana przez nasz statek wiązka światła utworzyła w przestrzeni szczelinę, która po chwili się rozszerzyła, prezentując zielonkawe światła Slipspace. Podobnie do pozostałych tuneli ten istniał od tysięcy lat, może nawet dłużej, ale wstęp do niego miały wyłącznie statki wyposażone w napęd ślizgowy.

– No to lecimy – rzuciłem, odchylając się na fotelu.

Peleryna zniknęła i Zbuntowana Gwiazda zanurzyła się w tunelu.

W tym samym czasie unijny krążownik znajdował się w drodze do naszej lokalizacji, lecąc tunelem w przeciwnym kierunku. Niedługo się miniemy, nie rejestrując swojej obecności.

Musiałem przyznać, że wkroczenie w przestrzeń Unii nie było idealnym rozwiązaniem, ale lepsze to niż czekanie trzech dni na powrót do Stacji Taurus. Pominąwszy stan zdrowia Abigail, chodziło także o nasz ładunek, który trzeba sprzedać, abym do końca tygodnia mógł spłacić Fratleya.

Nie mogłem ryzykować, że sprowadzę na siebie jego gniew. Musiałem oddać draniowi jego kasę i już.

15

Gdy tylko miałem taką możliwość, unikałem przestrzeni należącej do Unii. Kiedy zmuszała mnie do tego praca, przekraczałem granicę, ale zawsze wiązało się z tym pewne ryzyko. Ryzyko, które generalnie przewyższało to wiążące się z prowadzeniem działań na terenie Martwoziem.

Jasne, Martwoziemie miały pustoszycieli, złodziei, piratów i Sarkonian, ale przynajmniej nie było mowy o unijnych punktach kontrolnych czy militarnych konwojach. Podczas gdy z paroma niedużymi statkami piratów byłem sobie w stanie poradzić, Unia kontrolowała największą i najpotężniejszą armadę w całej galaktyce. Tego rodzaju problemów wolało się unikać i już.

W przestrzeni unijnej znajdowało się także mnóstwo boi dalekiego zasięgu, których zadaniem było monitorowanie aktywności na granicy. Jeśli któraś z nich cię zarejestrowała, istniało ryzyko, że czeka cię ciężki okres. Musiałem się nawet pilnować, gdzie i jak korzystam z peleryny, jako że ta akurat technologia była tu nielegalna.

No a teraz tu wróciłem, być może działając na własną szkodę. Fratley chciał odzyskać pieniądze, a ja chciałem przeżyć, co oznaczało, że nie stać mnie na luksus bycia ostrożnym.

– Do Stacji Taurus dotrzemy za mniej więcej sześć godzin – poinformował mnie Sigmond, kiedy aktywowaliśmy pelerynę i opuściliśmy tunel poślizgu.

– Miej oko na jakiekolwiek oznaki unijnych działań – rzekłem. – Nie chcę, abyśmy się zbliżyli do któregoś z ich statków.

– W razie czego zmodyfikuję odpowiednio naszą trasę.

– Świetnie – stwierdziłem, siadając na łóżku.

Pozostałym nie wspomniałem o krążowniku, który wypatrzyliśmy przy tunelu. Na nic im była wiedza, że Unia dotarła także na Martwoziemie. Może później im powiem, ale po tym wszystkim, co się przytrafiło Kościołowi, Abigail i pozostali wcale nie musieli tego wiedzieć. A przynajmniej na razie.

Moje myśli spowijała wirująca mgła. W ostatnich dniach dopadało mnie coraz większe zmęczenie, najpewniej z powodu przepracowania.

Gdy tylko przyłożyłem głowę do miękkiej poduszki, zmógł mnie sen.

Kiedy otworzyłem oczy, cały byłem zesztywniały. Usiadłem. Zerknąwszy na tablet, przekonałem się, że jesteśmy prawie u celu. Jeszcze tylko pół godziny. Pięć i pół godziny minęło jak z bicza strzelił.

Ziewnąłem.

– Siggy, połącz mnie z naszymi gośćmi, dobrze?

– Już się robi, proszę pana. Proszę mówić, kiedy będzie pan gotowy.

Odchrząknąłem i przetarłem oczy.

– Słuchajcie, wkrótce wylądujemy na Taurusie – oświadczyłem i w porozmieszczanych na statku głośnikach dosłyszałem swój głos. – Pakujcie swoje graty i bądźcie w gotowości.

– Ładnie powiedziane – zauważył Sigmond.

Założyłem koszulę i napiłem się wody. Gdy wstałem, usłyszałem jakiś szelest przy drzwiach. Nie było to pukanie, a raczej lekkie muśnięcie.

Otworzyłem drzwi i moim oczom ukazała się Lex.

– Panie Hughes, za dużo pan śpi – powiedziała mała albinoska.

– Czego chcesz, mała?

– Jestem głodna, a nie ma już nic do jedzenia.

– Skończyło się?

Udałem się do dyspensera i pootwierałem wszystkie szafki. Większość okazała się pusta. Zostało kilka kawałków suszonego mięsa, ale poza tym praktycznie nic.

– Kurde, wyczyściliście mnie z żarcia.

– Mogę coś dostać? – zapytała Lex. – Boli mnie brzuch.

Podałem jej kawałek mięsa.

– Jedz.

Powąchała mięso i zmarszczywszy nos, szybko mi je oddała.

– Fuj!

Odgryzłem kawałek i zacząłem przeżuwać.

– O co chodzi? Nie jesteś fanką suszonego mięsa?

– Śmierdzi jak tyłek.

– No i? Nie lubisz tyłków? – zapytałem i powąchałem mięso.

Zachichotała.

– Fuj – powtórzyła.

– Coś ci powiem. – Z kieszeni wyjąłem landrynkę. – Zjedz pół tego kawałka, a dostaniesz cukierek. Co ty na to, mała?

Na widok landrynki zaświeciły jej się oczy.

– Naprawdę?

– Tylko najpierw masz zjeść mięso.

Spojrzała na nie, a potem na cukierek.

– Yyy.

Podałem jej kawałek mięsa.

– Proszę.

Wzięła go ode mnie z niechęcią. Nie odrywając wzroku od cukierka, odgryzła kawałek i zaczęła przeżuwać.

– No i? – zapytałem, obserwując, jak dokonuje tego najwyższego poświęcenia.

Nieco się rozluźniła.

– W porządku – odparła, przełknąwszy. Wzięła kolejny kęs. Podniosła na mnie wzrok. – Ale i tak nie jest dobre.

Zaśmiałem się.

– Łap, mała. – Rzuciłem landrynkę, a ona ją złapała. Z kącika jej ust zwisał kawałek mięsa.

– Wow!

– Najpierw zjedz mięso, a potem cukierek. Umowa stoi?

Kiwnęła głową.

– Dzięki, panie Hughes!

Z drugim kawałkiem udałem się do ładowni. Za mną poszła Lex, żując własną porcję i szybko przełykając. Nim dotarliśmy do końca korytarza, radośnie odwijała już cukierek.

Odkąd opuściliśmy pas asteroidy, Hitchens sporo czasu spędzał w ładowni. Aż do teraz pozwalałem mu pracować w spokoju, lecz zbliżaliśmy się do stacji i chciałem sprawdzić, czy towarowi nic się nie stało.

– Ach, kapitan Hughes – przywitał mnie doktor, kiedy zszedłem po schodkach.

Na podłodze porozkładał ostrożnie kilkadziesiąt znalezionych w kopalni reliktów. Do każdego przytwierdził karteczkę z numerem identyfikacyjnym, najpewniej po to, aby się w tym wszystkim nie pogubić.

– Wygląda na to, że jest pan mocno zajęty – stwierdziłem, przyglądając się jednemu z urządzeń. Na przywieszce znajdował się numer 021.

– Porządkuję naszą kolekcję – wyjaśnił.

– Co z tego chce pan zatrzymać, a co sprzedamy?

– Przedmioty od numeru jeden do osiem pozostaną w moim posiadaniu.

– Ile przedmiotów liczy cała lista?

– Czterdzieści sześć. Wielu przedmiotów brakuje, niemniej jest to całkiem porządna kolekcja.

Dokonałem w głowie obliczeń.

– Czyli sprzedajemy… trzydzieści siedem?

– Trzydzieści osiem – poprawił i jak zawsze w jego głosie pobrzmiewał ton szacunku.

– Już parę razy miałem zapytać o to, dlaczego przechowywał pan te rzeczy właśnie w tamtej kopalni.

– Rada uznała, że nie powinniśmy się chwalić naszymi znaleziskami, aby Unii czy innej stronie pokroju Fratleya nie przyszło do głowy dokonać inwazji na Arkadię. Początkowo byłem temu przeciwny, wygląda jednak na to, że Rada miała rację, gdy się przy tym upierała. A w szczególności Loralin, o ile mnie pamięć nie myli. – Małą czerwoną chusteczką otarł pot z czoła, po czym znieruchomiał na długą chwilę, jakby zatopił się w myślach.

– Doktorku, wszystko w porządku? – zapytałem, pstrykając palcami.

Zamrugał.

– Och, przepraszam, kapitanie. Znowu o nich myślałem. O naszych przyjaciołach z Kościoła. – Odchrząknął. – O czym to ja mówiłem? Ach, tak. Kiedy odkryliśmy te technologie, stanowiły dla nas zagadkę. Mieliśmy bardzo niewiele informacji dotyczących tego, co robi każde z tych urządzeń.

– A teraz? – zapytałem, prześlizgując się wzrokiem po ustawionych na podłodze przedmiotach.

– Niestety większość nie działa – wyjaśnił archeolog. – Wyjątkiem jest ta ósemka, o której wcześniej wspomniałem.

– To podoba mi się najbardziej – odezwała się Lex.

Jej głos mnie zaskoczył. Zdążyłem zapomnieć, że przyszła tu ze mną. Wskazała na stojące w rogu nieduże pudełko.

– Ach, tak. Wyjątkowe znalezisko – przyznał Hitchens.

Lex podbiegła do niego i je podniosła. Zdziwiłem się, kiedy z powierzchni zaczęło emanować blade światło i rozbrzmiała cicha melodia. Dziewczynka zachichotała.

– Ładne, nie?

Słuchałem uważnie, ale nie potrafiłem rozpoznać tej piosenki. O ile rzeczywiście ta melodia nią była.

– Lex mi pomaga – rzekł Hitchens.

Wyciągnąłem rękę.

– Mogę się temu przyjrzeć?

Z uśmiechem podała mi pudełko. W chwili, gdy opuściło jej ręce, muzyka ucichła, a światło zgasło.

– Jak pan widzi, znamię Lex pozwala jej wchodzić w interakcję z każdym z tych przedmiotów. To dość niezwykłe.

– Ma pan na myśli tatuaż. – Zerknąłem na widoczne na jej szyi niebieskie linie. Przypomniało mi się, jak dziewczynka siedziała na tajemniczym fotelu w tamtej jaskini.

– W rzeczy samej, kapitanie. To znamię pozwala jej aktywować każde z tych urządzeń. Nie do końca rozumiem, dlaczego tak się dzieje, niemniej w niektórych przypadkach wystarczy sama jej obecność.

Mimo wszystko trudno mi było uwierzyć, że ta dziewczynka jest w stanie robić to, co on sugeruje. Od kiedy tatuaż dawał możliwość aktywowania czegokolwiek? Najczęściej były one po prostu udręką dla oczu.

Nawet jeśli to była prawda, kto obdarzyłby małe dziecko czymś tak cennym?

– Niektóre jednak nie działają – oświadczyła Lex i ściągnęła brwi. Wskazała na kilka urządzeń.

– Rzeczywiście. Funkcjonuje tylko osiem, a i tak musiałem wymienić w nich sporo części.

– Naprawił je pan? – zapytałem, oddając pudełko Lex.

Wzięła je ode mnie i muzyka znowu rozbrzmiała, na co dziewczynka zareagowała uśmiechem.

– Na szczęście tak – rzekł Hitchens. – Udało mi się użyć części z kilku innych urządzeń i naprawić tę ósemkę. Te rzeczy mają prawie dwa tysiące lat, więc w większości zepsuła się co najmniej jedna część. W sumie jestem zaskoczony tym, że w ogóle udało mi się je naprawić.

– A co ze znalezioną mapą? Skąd pan wiedział, że się sprawdzi, skoro jest taka stara? Wiedział pan, że się uda, zanim odbyliśmy tę całą podróż?

Zaśmiał się krótko.

– A skąd, kapitanie. Nie miałem nawet pewności co do istnienia Lex, dopóki siostra Abigail jej nie przywiozła. A posadzenie jej na tamtym fotelu było jedynie sprawdzeniem pewnej teorii.

– Teorii? – zapytałem.

Kiwnął głową.

– Przed wylotem nie miałem czasu, aby poddać ją jakimkolwiek testom. Jedynymi informacjami, jakimi dysponowaliśmy, były notatki skradzione z unijnego laboratorium. Kiedy zjawił się pan razem z panią Pryar, musieliśmy szybko działać.

Spojrzałem na Lex, która nuciła razem z urządzeniem, przeskakując z nogi na nogę. Weszła po schodach, po czym wróciła.

– Podjęliście spore ryzyko – rzekłem do archeologa.

– Musi pan zrozumieć, że Lex jest wyjątkowa. Część jej tatuażu przypomina symbol widniejący na Kartografie, wiedzieliśmy więc, że musi istnieć między nimi jakiś związek.

– Na pewno wiedzieliście, że się po nią zgłoszą.

– Owszem – przytaknął Hitchens. – Szczerze? Mieliśmy dużo szczęścia, że udało nam się ją wyrwać z tamtego laboratorium.

– I naprawdę pan sądzi, że tamta znaleziona mapa prowadzi na Ziemię?

– Nie ryzykowałbym własnego życia i kariery, gdyby było inaczej.

– Cóż, doktorze, mam nadzieję, że się pan nie myli.

– Dziękuję panu, kapitanie. Wiele dla mnie znaczą pańskie słowa.

– Może i uważam całe to przedsięwzięcie za niedorzeczne, ale to nie znaczy, że nie chcę, aby okazało się prawdą.

– Rozumiem pański sceptycyzm. – Doktor lekko się uśmiechnął. – Być może pewnego dnia uzyska pan dowód potrzebny do uwierzenia.

Zaśmiałem się.

– To by dopiero było coś.

Po dotarciu do Taurusa musieliśmy czekać w kolejce ponad godzinę, nim otrzymaliśmy zgodę na dokowanie. Do tej pory raczej tak nie bywało.

Gdy tylko było to możliwe, Sigmond sprowadził statek na powierzchnię stacji, a kiedy zakończyło się dokowanie Zbuntowanej Gwiazdy, zalała mnie fala ulgi.

Spotkałem się ze wszystkimi na korytarzu. Trzymali w rękach swój bagaż i byli gotowi do opuszczenia statku. Na kilku twarzach malowało się przejęcie. Po tylu dniach spędzonych w ciasnym statku na pewno nie mogli się doczekać większej przestrzeni. Może pomieszczenia z wyższym sufitem, takim jak promenada.

– Wszyscy gotowi? – zapytałem i wstukałem kod dostępu otwierający śluzę.

Abigail stała obok Lex i Octavii. Wyglądała już lepiej, ale nadal była zmęczona.

Skinąłem jej głową, ona zaś odpowiedziała mi tym samym.

Drzwi się uniosły i do środka wpadł chłodny podmuch. Świetnie działająca klimatyzacja przypomniała mi, że muszę wymienić tę na Gwieździe.

Freddie wyciągnął rękę.

– Dziękujemy za bezpieczną podróż, kapitanie.

Uścisnąłem ją.

– Nie ma sprawy.

– Zatrzymamy się w hotelu na pokładzie czwartym. Będę używał nazwiska, więc proszę pytać o Tabernacle'a.

– Taber-co?

– Tabernacle'a. Tak się nazywam.

Uniosłem brwi.

– Od kiedy?

Pokręcił ze śmiechem głową, jakbym uraczył go dobrym żartem, po czym opuścił statek.

Pozostali ruszyli jego śladem. Oprócz Hitchensa wszyscy udali się w stronę promenady.

– Kapitanie, mamy pójść razem z panem do pańskiego znajomego? – zapytał mnie.

– Mojego znajomego?

Rozejrzał się, mimo że byliśmy sami, i się ku mnie nachylił. Zasłoniwszy część ust, wyszeptał:

– No wie pan… dilera.

Odsunąłem jego rękę.

– On ma na imię Ollie i pewnie, możecie ze mną iść, jeśli macie ochotę. Proszę się jednak rozluźnić. To nie jest film szpiegowski.

Archeolog klasnął w dłonie.

– Och, cudownie! – Zaczęliśmy schodzić z platformy. – To będzie takie ekscytujące.

Promenada okazała się mniej zatłoczona, niż się spodziewałem, zwłaszcza o tej porze. Zazwyczaj wokół sklepów i barów gromadził się spory tłum. Głównie podróżnicy i turyści. Ludziom mojego pokroju łatwo się było wmieszać.

Sklep Olliego nie mieścił się daleko od miejsca dokowania. Wiedziałem, że go zastaniemy, bo ten biedny sukinsyn nigdy nie robił sobie wolnego. Na Olliem rzeczywiście można było polegać.

– Jace! – wykrzyknął na mój widok.

Skinąłem mu głową.

– Ollie. Dobrze cię widzieć.

– Nie było cię trochę dłużej, niż się spodziewałem. Co się stało z tamtą robotą? No wiesz, tą z mniszką. A właśnie, nadal czekam na swoją dolę. Kiedy mi zapłacisz?

– Trochę się pokomplikowało – odparłem, podchodząc

do lady. – Nie miałem czasu, żeby przelać ci kasę, ale jeszcze dzisiaj się tym zajmę.

– Mam nadzieję, stary. – Ollie miał na sobie jeden z tych swoich garniturów. Turkusowy ze złotymi wykończeniami. Nie mój gust, ale on całkiem dobrze w tym wyglądał. – Z takiej długiej wyprawy powinieneś zawsze przywozić mi coś fajnego.

– To ty sprzedajesz tanie suweniry. Uznałem, że wystarczy ci ich do końca życia.

– Musisz wiedzieć, że mój towar to najlepsze upominki na tej stacji. Zapytaj, kogo chcesz. Zaraz, a kim są twoi znajomi? – zapytał Ollie.

– To jest Hitchens – wyjaśniłem. – Jest profesorem. A to jego asystentka Octavia.

– Właściwie to doktorem archeologii. Nie profesorem – poprawił mnie Hitchens.

Wzruszyłem ramionami.

– A czy to ważne? Pomoże mi wyjaśnić, co za towar mam do opchnięcia, jeśli będziesz miał jakieś pytania.

– Towar? – zainteresował się Ollie.

– Przywieźliśmy trochę starego sprzętu. Chyba jeszcze z czasów sprzed Unii. Jako że sprzedajesz bezużyteczny szajs nadzianym idiotom, pomyślałem, że to z tobą powinienem zagadać.

– Kurde, a ja przez cały czas myślałem, że tu wpadłeś, bo się stęskniłeś za moją facjatą.

– Katalog liczy ponad trzy tuziny przedmiotów – wtrącił Hitchens.

– Będę się musiał im przyjrzeć, zanim cokolwiek obiecam. Zabraliście coś ze sobą?

Naukowiec otworzył torbę i postawił na blacie niewielki metalowy przedmiot. Okrągły, wykonany z brązu, ozdobiony ślicznymi wzorami. Dostrzegłem, że grawery są niezwykle podobne do tatuażu Lex.

Na ten widok Ollie otworzył szeroko oczy.

– No proszę, co za cacko.

– Te akurat artefakt ma według mojej oceny tysiąc trzysta lat – oświadczył Hitchens.

Ollie wziął do ręki coś, co wyglądało jak skaner, i przesunął go wzdłuż reliktu. Zamigotało światełko, a Ollie się wyszczerzył.

– Och, tak. Tak, tak, tak. – Spojrzał na mnie. – Jace, ty zawsze przywozisz mi najlepsze rzeczy.

– Fajnie, że ci się podoba – rzekłem.

– Higgins, reszta twojego towaru też tak wygląda? – zapytał Ollie.

– Hitchens – poprawił go doktor. – A odpowiadając na pańskie pytanie: tak. Zdecydowanie tak.

Ollie uniósł brwi.

– Nieźle, Jace. Na pewno uda mi się to opchnąć. Chodźmy po resztę, a jutro z samego rana umówię się na spotkanie z paroma klientami. Oczywiście moja stawka to jak zawsze dziesięć procent.

– Myślisz, że za ile uda się to sprzedać? – zapytałem.

– Jeśli reszta rzeczy jest podobna do tego? Rzekłbym, że spokojnie za sto tysięcy.

Zamrugałem.

– Serio? Sto tysięcy za taki chłam?

Ollie się zaśmiał.

– Rozejrzyj się po tym sklepie. – Machnął ręką, wskazując na rzędy dupereli wykonanych głównie z porzuconych śmieci. – Powinieneś już wiedzieć, że ludzie kupią dosłownie wszystko, jeśli im wmówisz, że ma jakąś wartość.

– Te urządzenia są cenne – upierał się Hitchens.

– To śmieci – zapewnił Ollie. – Tyle że stare, a więc i cenne.

Hitchens zacisnął usta, jakby poczuł się urażony.

– Ale…

– Odpuść, doktorku. – Dotknąłem jego ramienia. – Dopóki Olliemu udaje się uzyskać za nasze rzeczy odpowiednią cenę, może je sobie nazywać śmieciami.

– Możecie mi zaufać – oświadczyć Ollie z brawurą, jaką miałem okazję widzieć u niego tak wiele razy. – Nikt nie zna się na tym biznesie lepiej niż ja.

Razem z Olliem i Octavią przeniosłem trzydzieści osiem artefaktów z ładowni na sklepowe zaplecze. Ollie nie mógł się doczekać, aż podzwoni po swoich współpracownikach, dlatego zgodziliśmy się dać mu trochę czasu.

– Zadzwoń rano – rzucił do mnie.

– Szybko. Na pewno nie potrzebujesz więcej czasu?

– Na takie rzeczy zawsze się znajdzie jakiś chętny. Uwierz mi.

– Super. Jeszcze raz dzięki, Ollie. – Klepnąłem go w ramię.

– Nie ma sprawy, Jace. Ale zrób coś dla mnie, okej?

– Co takiego? – zapytałem.

Nachylił się ku mnie.

– Tamta dziewczyna, która z tobą przyszła. Asystentka grubasa. Szepnąłbyś jej o mnie dobre słowo?

– Masz na myśli Octavię?

– Aha, niezła z niej ślicznotka.

– Zobaczę, co da się zrobić – odparłem i obejrzałem się na Octavię, która stała w drzwiach sklepu razem z Hitchensem.

Olliemu rozbłysły oczy.

– Serio? Kurde, Jace, dobry z ciebie kumpel.

– Sprzedaj mój towar, a będziemy kwita. – Odwróciłem się, aby odejść. – Do zobaczenia jutro.

Pożegnałem się z Hitchensem i Octavią, którzy udali się do swoich przyjaciół do hotelu na dwunastym piętrze. Z samego rana mieliśmy się spotkać na promenadzie, żeby pójść razem do Olliego. Do tego czasu wszyscy mieli czas dla siebie.

Zastanawiałem się, czy nie zajrzeć do baru, ostatecznie jednak poszedłem do swojego pokoju, aby się położyć. Jasne, pora była jeszcze wczesna, ale ja nie miałem typowego rytmu snu. Tak bywało z ludźmi, którzy pracowali za dnia. Ludźmi, którzy siedzieli w jakimś boksie albo biurze i przez osiem godzin wykonywali czynności niewymagające myślenia. Ja? Nie mogłem sobie pozwolić na luksus udania się na koniec dnia do domu i wyłączenia się. Moja praca nie miała końca, co oznaczało, że czasami nie mogłem porządnie wypocząć.

Co nie znaczy, bym narzekał. Takie życie sobie wybrałem. Dobre życie bez prawa, pełne wolności i otwartej przestrzeni. Ostatnie, czego pragnąłem, to uwięzienie w jakimś pokoju, za ekranem komputera, wstukiwanie danych i odczytywanie poleceń.

Zaciekle walczyłem, aby osiągnąć taką, a nie inną pozycję, co oznaczało także zapożyczenie się u Fratleya. Teraz wystarczy, że go w końcu spłacę, i będę wolny. Koniec z długami, koniec z dyszącymi mi nad karkiem dupkami.

Pomyślałem o kasie, którą miałem zarobić dzięki Olliemu i tym artefaktom. Przelałem na konto Olliego dziesięć procent zarobku za ostatnią robotę. Biznes to biznes.

„Już niedługo", pomyślałem, zamknąwszy oczy. „Jutro zajmę się resztą".

16

Kilka minut po przebudzeniu dostrzegłem, że na tablecie miga powiadomienie. Ollie wspomniał, że do mnie zadzwoni, więc pewnie tak zrobił w czasie, kiedy spałem.

Odblokowałem wyświetlacz i w skrzynce odbiorczej zobaczyłem nagranie wideo. Rzeczywiście nadawcą był Ollie Trinidad.

Stuknąłem w nią i pojawiła się twarz Olliego.

– Jace, to ja. Pewnie jeszcze śpisz, więc słuchaj. Podzwoniłem i dobiłem targu. Kupujący przelał kasę bezpośrednio na moje konto, więc przesyłam ci twoją dolę. Zajrzyj do mnie po lunchu, to będziemy świętować. Kupujący jest już w drodze po towar. No to na razie.

Korzystając z gal-netu, szybko zalogowałem się na konto. I doznałem szoku, kiedy się przekonałem, że mam na nim sto tysięcy kredytów. Cóż za piękny widok. Przysięgam, gotów się byłem rozpłakać.

Wideo zakończyło się podaniem czasu. Ollie zadzwonił wczesnym rankiem, koło szóstej. Teraz dochodziła dziewiąta. Rany, ale sobie pospałem.

To rzeczywiście koniec? Narobiłem się, aby zdobyć tę kasę, ale w końcu się udało. Spłacę dług i Fratley będzie usatysfakcjonowany. Mogłem lecieć sobie, dokąd tylko chciałem, i robić to, na co miałem ochotę.

Uderzyłem pięścią w materac i z uśmiechem wpatrywałem się w widniejącą na moim koncie kwotę.

Po krótkiej sesji rozciągania wstałem i wziąłem prysznic. Nie spieszyłem się, bo już nie musiałem.

Nie było jeszcze południa, uznałem więc, że chętnie zerknę sobie na tych kupujących i zobaczę, kto był skłonny wysupłać tyle kredytów za kolekcję bezużytecznych zabawek. A potem w ramach podziękowania postawię Olliemu drinka. Ta mała gnida jak zawsze zachowała się względem mnie fair.

Wychodząc z pokoju, przywołałem Sigmonda i kazałem mu przekazać Hitchensowi, aby spotkał się ze mną na promenadzie. Chwilę później radosny naukowiec potwierdził, że zaraz się zjawi.

Wstąpiłem na chwilę do baru po beznadziejną kawę. Pozdrowiłem tego samego barmana, którego tu spotkałem podczas ostatniej bytności na Taurusie.

– Dzięki – rzekłem, biorąc z lady kubek.

– Nie ma sprawy. Na długo zadokowałeś? – zapytał.

– Prawdę mówiąc, dziś planuję się stąd zmyć. – Pociągnąłem łyk i zaskoczył mnie dobry smak. Najlepszą kawę pijałem zazwyczaj na swoim statku, ale ten gatunek okazał się niemal równie smaczny.

– Wcale ci się nie dziwię – westchnął barman. – Sporo się tu dziś kręci szemranych osób. Więcej niż zazwyczaj.

– Szemranych? Zjawiła się kolejna grupa pustoszycieli?

– Nie, to raczej wojskowi. Widziałem, jak na górę wchodzi paru facetów w mundurach.

– Wojskowi? Jesteś pewny?

Kiwnął głową.

– Na to wygląda. Nie zdążyłem się porządnie przyjrzeć, ale ktoś wspomniał, że są z Unii. Ja w to nie wierzę. Już od ponad roku nie zaglądał tu nikt z Unii.

Niedobrze. Ostatnie, czego mi było trzeba, to węszący wojskowi.

– Dzięki za cynk. – Wziąłem łyk kawy.

– Hej, trzymaj się. Zajrzyj następnym razem.

– Jasne. Jeszcze raz dzięki.

Od razu po wyjściu z baru dojrzałem Hitchensa w towarzystwie Octavii. Miał na sobie wakacyjną koszulę, taką, jakie sprzedawano w miejscowym sklepie z pamiątkami.

– Podoba się panu? – zapytał z szerokim uśmiechem.

– Kupił ją w hotelu. – Octavia pokręciła głową. – Mówiłam, żeby tego nie robił.

– Bzdura – żachnął się Hitchens. – Według mnie jest całkiem twarzowa.

– Powinien pan słuchać swojej asystentki. To co, gotowi?

Oboje skinęli głowami i ruszyliśmy wzdłuż promenady. Zdziwiłem się, bo panował na niej jeszcze mniejszy ruch niż wczoraj. Właściwie to nigdy dotąd nie widziałem jej takiej pustej. Między sklepami przechadzały się w milczeniu maksymalnie dwa tuziny turystów, co stanowiło jaskrawy kontrast z typowym tłumem, przez który normalnie musiałbym się przepychać.

Zatrzymałem się, kiedy moim oczom ukazał się znajdujący się na drugim końcu promenady sklepik Olliego. Roleta była opuszczona, co w ciągu trzech lat naszej znajomości miałem okazję widzieć tylko raz.

– Coś się stało, kapitanie? – zapytał Hitchens.

– Możecie tu zaczekać? Muszę tam pójść i coś sprawdzić.

– Naturalnie. – Spojrzał na swoją asystentkę. – Octavio, siądźmy sobie w tamtej restauracji, co ty na to?

– Chętnie bym coś zjadła – odparła.

– Dla mnie sałatka – oświadczył, masując się po brzuchu.

– Zawsze pan tak mówi, a potem i tak zamawia stek.

Zachichotał.

– I w tym właśnie tkwi problem. – Zaczęli się oddalać. – Będziemy tam czekać na pana, kapitanie.

Kiwnąłem głową i ruszyłem w stronę sklepiku Olliego. Gdy znalazłem się wystarczająco blisko, zobaczyłem na drzwiach kartkę.

ZAMKNIĘTE – OCHRONA STACJI

Ten jeden raz, kiedy widziałem, jak Ollie zamknął sklep, zdarzył się wtedy, gdy jego właściciel zadarł ze zbuntowanym dyspenserem śmieci. Urządzenie zepsuło się w chwili, kiedy Ollie próbował wygrzebać z niego kawałek wyrzuconego metalu, ucinając sobie przy tym trzy palce. Zaszokował wszystkich, zamykając sklep na niemal dwanaście godzin, podczas których siedział w medycznej kapsule, gdzie przyszywano mu palce.

Wtedy nie zawracał sobie głowy żadną kartką. Tę z kolei zawiesiła Ochrona, co było jeszcze dziwniejsze.

– Hej – usłyszałem za sobą jakiś głos.

Odwróciłem się i zobaczyłem żującą gumę dziewczynę, która stała z rękami skrzyżowanymi na piersi. Pracowała w sklepie obuwniczym po drugiej stronie promenady. Rozpoznałem jej twarz, bo zawsze się na mnie gapiła, kiedy przychodziłem do Olliego.

– Tak?

– Szukasz kolesia od tego sklepu? – Miała na sobie ciuchy w okropnie jaskrawych kolorach i zbyt dużo biżuterii.

– Aha. Wiesz, gdzie jest? – zapytałem.

Kiwnęła głową, a długie kolczyki otarły jej się o szyję.

– O rety, rety. Wyglądasz na fajnego faceta. Przykro mi, że muszę ci to powiedzieć, ale on nie żyje.

Przez chwilę sądziłem, że źle ją zrozumiałem, bo przez tę gumę mówiła dość niewyraźnie.

– Co takiego?

– Ten kolo, ten, do którego należy ten sklep. On nie żyje, skarbie. Znaleziono go kilka godzin temu z kulką w głowie. I pomyśleć, że wydarzyło się tutaj coś takiego.

Ponownie spojrzałem na kartkę.

– Ale jak to? – szepnąłem z niedowierzaniem. – Ollie… nie żyje?

– Och, skarbie, co za skandal. Cała stacja o tym mówi. Ja i pozostałe dziewczyny sądzimy, że to pewnie zabójstwo na zlecenie. Danni słyszała od swojego kuzyna, że coś z tym wspólnego miał Paule z baru, ale ja go znam i on nie jest taki, wiesz? On by nigdy nie…

Zamrugałem, próbując się skupić na wiszącej na drzwiach kartce. Może gdybym poszedł i porozmawiałbym z Ochroną, dowiedziałbym się, co się stało. Może ta dziewczyna wszystko sobie zmyśliła, a może była po prostu głupia.

Odwróciłem się tyłem do niej i do sklepu.

– Dzięki. Muszę lecieć – rzuciłem.

– Nie ma sprawy. Uważaj na siebie. Postaraj się nie skończyć tak jak ten koleś. Bądź ostrożny.

Nie odpowiedziałem.

– Do diaska, Ollie – mruknąłem, opuściwszy tę część promenady.

Gdy mijałem restaurację, zamachał do mnie Hitchens. Z szerokim uśmiechem odgryzł kawałek steka. Zaczął się podnosić z krzesła, lecz gestem mu pokazałem, aby usiadł.

– Muszę iść i porozmawiać z Ochroną – oświadczyłem, kiedy zbliżyłem się do stolika.

– Wszystko w porządku? – zapytała Octavia. – Wydaje się pan rozstrojony.

– Po prostu tu na mnie zaczekajcie. Jeśli nie zjawię się w ciągu kilku godzin, wróćcie do hotelu do pozostałych. Zadzwonię do was.

Choć byli w sposób oczywisty skonsternowani, oboje kiwnęli głowami.

– Zrobimy, jak pan każe – powiedziała Octavia.

– Dzięki.

Hitchens uniósł palec.

– Kapitanie, jeśli mogę. Wygląda pan na zaniepokojonego. Jest pan pewny, że wszystko…

– Po prostu trzymajcie się z dala od kłopotów. – Po tych słowach wyszedłem z restauracji.

To, co powiedziała mi tamta dziewczyna, nie mogło być prawdą. Niemożliwe, aby Ollie nie żył. Nie ten zwariowany osioł. Nie i już.

To po prostu niemożliwe.

Siedzący za biurkiem pracownik Ochrony ubrany był w niebieski garnitur, na nosie zaś miał okulary w cienkich oprawkach.

– Ollie Trinidad? Tak, z tego, co mi wiadomo, umarł dziś rano.

Poczułem, że spinają mi się ramiona.

– Właściciel…

– Taurusowskich Prezentów i Pamiątek – dokończył urzędnik. – Zgadza się, to on. Jest pan członkiem rodziny?

– Nie. Może mi pan powiedzieć, co się stało?

– Obawiam się, że prowadzone jest śledztwo, co oznacza, że nie możemy ujawnić niektórych szczegółów. Na pewno pan to rozumie.

– A może mi pan chociaż powiedzieć, w jaki sposób zginął?

Urzędnik przez chwilę wpatrywał się w monitor.

– Wygląda na to, że w nocy ktoś go zastrzelił. Jeśli jest pan współpracownikiem pana Trinidada, sierżant Deekon będzie chciał pewnie zadać panu kilka pytań.

Odwróciłem się i podszedłem do drzwi.

– Dzięki za pomoc.

Urzędnik nie próbował wyciągnąć ze mnie nazwiska, najpewniej dlatego, że zaraz po moim wyjściu ich kamery ujawnią moją tożsamość. Jeśli dodadzą dwa do dwóch i dowiedzą się o moich powiązaniach z Olliem, jeszcze dziś poczuję na karku ich oddech.

Na ścianach korytarza wisiało całe mnóstwo monitorów, na których pokazywano różnych przestępców i zaginionych cywilów. Zobaczyłem zaginionego przed kilkoma miesiącami chłopca Connora Luce'a. Miał sześć lat.

ZAGINIONA – MARICE TRADEL: 6 LAT
    KOLOR WŁOSÓW: CZARNY
    KOLOR OCZU: ORZECHOWY

WAŻNE: INFORMACJE MOGĄCE POMÓC W OD-
NALEZIENIU WW. OSOBY PROSZĘ ZGŁASZAĆ
DO LOKALNEGO URZĘDU OCHRONY.
DZIĘKUJEMY.

Obok niego zobaczyłem zdjęcie piegowatego mężczyzny z rudymi włosami. Miał okulary w grubych oprawkach i ubranie w nieładzie.

POSZUKIWANY – LANDON O'TOOLE: 52 LATA
KOLOR WŁOSÓW: RUDY
KOLOR OCZU: ZIELONY
WZROST: 188 CM
POPEŁNIONE PRZESTĘPSTWA: PODPALENIE,
KRADZIEŻ, SZEŚĆ ZABÓJSTW
UWAGA: PODEJRZANY JEST UZBROJONY
I UWAŻA SIĘ GO ZA WYJĄTKOWO NIEBEZPIECZ
NEGO.

Kolejny obraz rozjaśnił się, dopiero kiedy zbliżyłem się na tyle, by wychwycił mnie czujnik. Kiedy tak się stało, moim oczom ukazała się znajoma twarz. Zatrzymałem się.

Na ekranie monitora widniało zdjęcie przedstawiające kobietę w kościelnych szatach. Otworzyłem szeroko oczy, kiedy do mnie dotarło, kto to taki.

POSZUKIWANA – ABIGAIL PRYAR: 35 LAT
KOLOR WŁOSÓW: BLOND
KOLOR OCZU: BRĄZOWE
WZROST: 175 CM

POPEŁNIONE PRZESTĘPSTWA: ZABÓJSTWO, KRADZIEŻ, NAPAŚĆ, USIŁOWANIE ZABÓJSTWA, PORWANIE

UWAGA: PODEJRZANA JEST UZBROJONA I UWAŻA SIĘ JĄ ZA WYJĄTKOWO NIEBEZPIECZNĄ.

Wpatrywałem się w zdjęcie. Wiedziałem, że wydano nakaz jej aresztowania, ale zdziwił mnie jego widok tutaj, na Taurusie. Nie znajdowaliśmy się w przestrzeni Unii, co powinno oznaczać, że wszystkie przestępstwa popełnione na terytorium Unii tutaj się nie liczą. Nie oznaczało, że tej osoby nie można ścigać, ale popełnionych przez nią przestępstw nie podawano do wiadomości publicznej. Nie tutaj, na Martwoziemiach.

Gdybyśmy zaczęli tak robić, połowa ludzi z tego regionu zostałaby aresztowana, łącznie ze mną.

Odwróciłem się i odszedłem, pozostawiając twarz Abigail za sobą. W tej akurat chwili miałem inne zmartwienia.

Gdy wyszedłem na promenadę, zobaczyłem opuszczone rolety w sklepie Olliego i zaskakująco mało spacerowiczów.

Jednak ku memu zaskoczeniu przed sklepem stały trzy osoby. Wszystkie w uniformach, ale nie takich, jakich można się spodziewać na Stacji Taurus.

Błękit i złoto, dopasowane marynarki i odprasowane kołnierzyki. To byli pracownicy Unii.

Zamarłem, wpatrując się w troje nieznajomych. Co oni robili przed sklepem Olliego? I w ogóle na tej stacji?

Zastukałem w ucho, aktywując komunikator.

– Siggy, słyszysz mnie?

– Oczywiście, proszę pana.

– Możesz sprawdzić, czy na stacji zadokowały jakieś statki Unii?

Pauza.

– Wykrywam dwa statki po drugiej stronie stacji. Obydwa należą do unii, klasa Alfa.

Zakląłem pod nosem i raz jeszcze zerknąłem na mężczyzn w uniformach. Jeden się odwrócił i na krótką chwilę nawiązaliśmy kontakt wzrokowy.

Zawróciłem i wszedłem na korytarz prowadzący do biura Ochrony. Był pusty z wyjątkiem kosza na śmieci i niedużego telewizora, w którym leciała zapętlona reklama restauracji Jarro's.

– Siggy, możesz mnie połączyć z pokojem Abigail w hotelu?

– Oczywiście, proszę pana – odparł Sigmond.

– Hej, ty – rozległ się głos za mną.

Odwróciłem się i ujrzałem jednego z ludzi Unii. Tego, z którym wcześniej wymieniłem spojrzenia.

– Tak? – zapytałem lekko.

– Jak się pan nazywa? – zapytał.

– A po co to panu?

Podeszli do niego dwaj towarzysze i spojrzeli na mnie.

– Pracujemy dla rządu Unii i chcielibyśmy panu zadać kilka pytań.

– A co tu robi Unia? – zapytałem.

– To nie pańska sprawa. Proszę nam powiedzieć, kim pan jest i dlaczego wypytywał w Ochronie o pana Trinidada.

Zakląłem w duchu. Wiedziałem, że niepotrzebnie tam szedłem. Co ja sobie myślałem?

– Chyba pan nie chce, abyśmy go aresztowali za utrudnianie śledztwa? – zapytał drugi z mężczyzn.

– Od czasu do czasu Ollie coś mi zleca – rzekłem, naginając

nieco prawdę. – Za ostatnie zlecenie jest mi winien pieniądze. Chciałem je odebrać.

– Zlecenia? Na przykład jakie?

– Zbieram dla niego śmieci, żeby mógł z nich potem robić te swoje ozdóbki. Widzieliście je w sklepie, no nie? No więc stąd się one biorą. Zwykłe druty z koszy na śmieci. Pomagam mu je zbierać i zarabiam w ten sposób na czynsz.

Popatrzyli na siebie.

– Zbiera pan druty?

– Nie cały czas. Czy ja wyglądam jak druciarz? – zapytałem. – Czasem znajduję też inne rzeczy. Na przykład wczoraj natknąłem się na stertę vintage'owych okularów Solento. Wiecie, po ile one chodzą? Kilka setek jak nic.

– Co jeszcze pan wie o właścicielu tamtego sklepu?

– Nic z wyjątkiem tego, że skupuje mnóstwo drutu i innego badziewia. Największy frajer na tej stacji.

– Drutu, co? Widział pan kiedyś w jego sklepie kogoś podejrzanego?

– Ma pan na myśli przestępcę? – zapytałem, udając zaszokowanego.

– Owszem – przytaknął. – Złodzieja, zbójcę, renegata.

– Och, renegata? W sumie był taki jeden. Widziałem go w towarzystwie jakiejś kobiety. Wszedł do sklepu, a potem wyszedł. To było tydzień temu. Chyba nazywał się Landon.

– Jest pan tego pewny? – zapytał ten pierwszy.

– Jakoś tak. Albo Lando. Nie wiem. Coś wspominał, że leci do Arkadii.

– Może być – odezwał się drugi. – Stamtąd właśnie ona pochodzi.

– Teraz nic tam nie ma – rzekł trzeci.

– Mogli zapuścić się głębiej na Martwoziemie – stwierdził pierwszy.

Teatralnie westchnąłem.

– Posłuchajcie, panowie. Chętnie bym jeszcze z wami pogadał, ale muszę wracać do roboty. Została mi dziś do posortowania jeszcze kupa śmieci.

– Chwileczkę. Proszę nam opowiedzieć o tym człowieku, którego pan widział. Jak wyglądał?

Wzruszyłem ramionami.

– Chyba był rudy. Właściwie to mają tu jego zdjęcie. Widzicie te monitory w holu?

– Mówi pan o Landonie O'Toole'u?

– O właśnie, to on. Sprawia dość groźne wrażenie. Nie chciałbym się z nim znaleźć w jednym pomieszczeniu.

– Kiedy go pan widział?

– Kilka dni temu – odparłem, stukając się w brodę. – No, jakoś tak popołudniu.

– Chryste Panie – odezwał się ten drugi. – Musimy powiadomić Dowództwo.

– Spokojnie – wtrącił pierwszy. – Najpierw sprawdźmy nagrania z kamer przemysłowych.

– No tak, tak.

– Chodźcie – rzucił ten trzeci i mnie minął.

Pozostali dwaj udali się za nim, kierując się do biura Ochrony. Poświęcą wiele godzin na próby namierzenia poszukiwanego mężczyzny, tyle że nic to nie da.

Wtedy zaczną szukać mnie. Ba, możliwe, że znajdą nagrania z kamer, jak tu przybywam razem z Abigail i Lex.

Nie szkodzi. Kiedy odkryją prawdę, ja będę się już znajdował w połowie tunelu i nie uda im się mnie namierzyć.

Musiałem się jedynie stąd zmyć, zanim będzie za późno.

17

Wsiadłem do windy na końcu promenady i wcisnąłem guzik poziomu czwartego, gdzie mieścił się hotel.

Kiedy drzwi się zasunęły, stuknąłem w ucho i aktywowałem komunikator.

– Nawiązałeś kontakt z Abigail, Siggy?

– Właśnie miałem panu powiedzieć. Mam ją na linii.

– Dawaj.

– Halo? – zapytała Abigail.

– Hej, z tej strony Jace. Słuchaj mnie uważnie.

– Och, coś się stało, kapitanie?

– Ile potrzebujecie czasu, aby się spakować i spotkać ze mną w hotelowym lobby?

– Słucham? Czemu pan pyta?

– Jest tu Unia – wyjaśniłem. – Szukają nas obojga.

Przez chwilę milczała.

– Rozumiem. Wszyscy są ze mną w pokoju. Możemy być gotowi za dziesięć minut.

– Zabierzcie tylko to, co niezbędne. Każ pozostałym się pospieszyć.

– Czy to pan Hughes? – usłyszałem głos Lex. – Pozdrów go ode mnie!

– Zaczekaj chwilkę, skarbie – rzekła do niej Abigail łagodnym tonem. – Kapitanie, jest pan stuprocentowo pewny w kwestii tego, kogo pan widział?

Drzwi się rozsunęły i moim oczom ukazało się dwóch mężczyzn w unijnych uniformach.

Przełknąłem ślinę.

Obaj na mnie spojrzeli.

– Można? – zapytał jeden z nich, wysoki, blady i z białymi włosami.

– Kapitanie, słyszał pan mnie? Pytałam, czy jest pan pewny.

– Tak – odparłem, po czym wyłączyłem komunikator.

Mężczyźni spojrzeli na mnie, unosząc brwi.

– Słucham? – zapytał ten drugi, zdecydowanie grubszy od kolegi.

Drzwi się zamknęły. Obaj mężczyźni stali w bezruchu.

Spojrzałem na wyświetlacz. Piętro dziewiąte, a więc to jeszcze nie hotel.

– Które piętro? – zapytałem z palcem nad panelem.

Pierwszy z nich skinął głową.

– Dwunaste. Dzięki.

Jasna cholera.

Dwóch funkcjonariuszy Unii i ja wysiedliśmy z windy na piętrze, na którym mieścił się hotel. Zastanawiałem się, czy nie zawrócić, ale ostatecznie zrezygnowałem z tego pomysłu, bo wyglądałoby to podejrzanie.

Lepiej tu zaczekać, tak jak zaplanowałem. Jeśli tych dwóch palantów nie pójdzie sobie, zanim zjawi się tu Abigail, zadzwonię i każę jej się nie wychylać.

Pod płaszczem czułem ciężar pistoletu. „Jeszcze nie teraz”, pomyślałem.

Mężczyźni podeszli do recepcji i zaczęli rozmawiać z pracownicą hotelu.

Usiadłem na ławce, na tyle daleko, że ich nie słyszałem, lecz dzięki temu oni nie słyszeli także mnie. Zastukałem w ucho, otwierając kanał.

– Siggy, połącz mnie z Abigail – szepnąłem, odwracając się tyłem do mężczyzn.

Chwilę później usłyszałem głos mniszki.

– Kapitanie? Co się dzieje?

– Nie wychodźcie – mruknąłem. – Są tu ludzie z Unii. Zaczekajcie w pokoju do odwołania i bądźcie gotowi.

– Okej… chwileczkę. – Usłyszałem jakieś szelesty. – Tędy, Lex. Stój tutaj, zaraz za mną. Właśnie tak. Grzeczna dziewczynka. Okej, kapitanie, czekamy na pański sygnał.

– Przepraszam pana? – usłyszałem obok siebie głos.

Odwróciłem głowę i zobaczyłem, że przygląda mi się mężczyzna z białymi włosami.

– Eee, tak?

Jego partner nadal rozmawiał z recepcjonistką.

– Dlaczego siedzi pan tu sam? Czeka pan na kogoś?

– Chciałem chwilę odpocząć – odparłem.

– A dlaczego nie udał się pan do swojego pokoju?

Zacisnąłem zęby. O co chodziło temu człowiekowi? Miałem ogromną ochotę wyciągnąć pistolet, ale zdusiłem w sobie to pragnienie.

– Dobrze mi tutaj.

Posłał mi spojrzenie mówiące, że moja odpowiedź go nie zadowala. Musiałem coś wymyślić.

Z teatralnym westchnieniem skrzyżowałem ręce na piersi.

– Jeśli już musisz wiedzieć, stary, to mam problem z pęcherzem i w nocy zsikałem się do łóżka. To poważny medyczny problem i nie jestem z tego dumny.

– Pan… co zrobił? – zapytał, ześlizgując się wzrokiem na moje krocze.

– Owszem, dobrze słyszałeś. Słuchaj, dopiero co byłem na Praxusie III i przespałem się z niewłaściwą laską. To chcesz usłyszeć? W ogóle nie mam kontroli nad tym cholernym pęcherzem.

Zrobił krok w tył.

– To odrażające.

– Taa, dzięki, że mi o tym przypomniałeś. – Wstałem. – Nie mogę się doczekać powrotu do domu. Żadnych więcej wakacji.

– Przepraszam, że zawracałem panu głowę – rzucił funkcjonariusz.

Wrócił do swojego kolegi.

„Dupek", pomyślałem.

Mężczyźni wzięli od recepcjonistki kartę, po czym się odwrócili.

– Zacznijmy od pokoju dwieście jeden – rzekł ten z białymi włosami.

Minęli mnie i skręcili w korytarz po lewej stronie. Kierunki były tylko dwa, a ja nie miałem pojęcia, gdzie się zatrzymała Abigail.

Znowu stuknąłem w ucho.

– Abigail? Słyszysz mnie?

Na linii kliknęło.

– Chwileczkę, proszę pana – odezwał się Siggy. – Już łączę.

– Halo? – zapytała mniszka.

– W którym jesteś pokoju?

– Dwieście dwanaście. A dlaczego?

Zerknąłem na wiszącą obok windy tabliczkę. Na lewo numery nieparzyste, na prawo parzyste.

Wychyliłem się i spojrzałem na funkcjonariuszy Unii.

– Czekaj na mój sygnał – rzuciłem do Abigail. – Za chwilę.

– Dobrze – odparła. – Słuchajcie, bądźcie gotowi.

Patrzyłem, jak mężczyźni dotykają drzwi kartą otrzymaną od recepcjonistki. Chwilę później się otworzyły. Nie słyszałem rozmowy, ale wyglądało na to, że funkcjonariusze mają problem z nakłonieniem gościa hotelowego do wpuszczenia ich do pokoju.

Gdy w końcu zamknęły się za nimi drzwi, zerwałem się z ławki.

– Teraz, ruchy!

Usłyszałem, jak po drugiej stronie korytarza otwierają się drzwi. Z pokoju wysypały się znajome osoby i szybkim krokiem ruszyły w moją stronę. Abigail, Lex, Freddie, Hitchens i Octavia – wszyscy byli gotowi.

Wcisnąłem guzik przywołujący windę i dopiero wtedy uświadomiłem sobie, że może minąć kilka sekund, zanim do nas dotrze. Czemu wcześniej o tym nie pomyślałem?

Obok mnie stanęła Abigail.

– Co się stało?

– Winda. Musimy czekać.

– Panie Hughes? Co pan tu robi? – zapytała Lex.

– Przyszedł nam pomóc – odparł Freddie. – Prawda, kapitanie?

Drzwi windy w końcu się rozsunęły.

– Wsiadajcie – rzuciłem.

Usłyszałem, jak otwierają się inne drzwi, te, za którymi niedawno zniknęli unijni funkcjonariusze. Mężczyźni wyszli na korytarz i odwrócili się w naszą stronę.

Ten starszy z zaciekawieniem przyjrzał się towarzyszącym mi pasażerom. Zwłaszcza stojącej obok mnie małej albinosce.

– Hej! Hej, wy tam!

Gdy drzwi się zasuwały, pomachałem mężczyznom.

– Pa, pa – wypowiedziałem bezgłośnie.

Zaczęliśmy zjeżdżać na poziom promenady. Tych dwóch idiotów jak nic w przeciągu kilku sekund poinformuje o wszystkim swoich przełożonych. Nie minie dużo czasu, nim w pogoń za mną ruszy chmara żołnierzy.

Oczywiście tylko jeśli nie uda mi się dotrzeć do statku. Gwiazda czekała zadokowana stosunkowo niedaleko, ale będziemy się musieli okazać naprawdę szybcy.

– Idziemy! – warknąłem, gdy tylko rozsunęły się drzwi.

– Czy to byli ludzie z Unii? – zapytał Freddie.

– A jak ci się wydaje?

Ruszyłem w stronę przelewającego się przez promenadę tłumu cywili; przepychałem się, robiąc miejsce dla pozostałych, którzy ledwo za mną nadążali.

Dotarliśmy do głównej części handlowej i mozolnie przedzieraliśmy się przez tłum. Najwolniejszy i najbardziej przerażony był Hitchens. Nie był przyzwyczajony do uciekania przed unijnymi funkcjonariuszami i walki o swoją wolność. Tak jak i reszta grupy.

Za nami rozległ się dźwięk alarmu, a zaraz potem na ścianach zaczęło wirować kilkadziesiąt czerwonych świateł. Holograficzne rzutniki emitowały znaki ostrzegawcze, każące ludziom się schronić.

Wtedy właśnie usłyszałem strzał. Tak głośny, że nie potrafiłem określić, z której dobiegł strony.

Jakaś kobieta krzyknęła, niedaleko od miejsca, w którym się znajdowaliśmy. Tłum wpadł w panikę – ludzie zaczęli uciekać, potykając się i tratując.

Obecny na promenadzie tłum rozpierzchł się. Większość osób pochowała się w okolicznych sklepach, które opuszczały szybko rolety w oczekiwaniu na rozwój wydarzeń.

Kolejny strzał, a po nim krzyk:

– Zatrzymajcie ich!

Zobaczyłem, że obok żołnierzy Unii stoją trzej pracownicy Ochrony. Tylko ci pierwsi mieli broń.

Płynnym ruchem odwróciłem się i dobyłem z kabury pistolet. Pociągnąłem za spust i pierwsza kula trafiła żołnierza prosto w brzuch, posyłając go na ścianę.

Drugi obrał mnie za cel, nim jednak zdążył oddać strzał, trafiłem go w nogę. Krzyknął i na oślep wystrzelił w naszą stronę.

Przez promenadę przeleciały kule i wbiły się w ściany za mną. Jedna ze sklepowych witryn roztrzaskała się.

– Ruchy! – wrzasnąłem, chwytając Hitchensa za ramię i popychając go. – Biegiem do Gwiazdy!

Freddie klęczał i trzymał się za ramię. Spomiędzy palców kapała mu krew. Podbiegłem do niego i zarzuciłem sobie jego rękę na szyję.

– Freddie! Wstawaj!

– P-przepraszam – wyjąkał. W jego oczach widać było konsternację. – Przepraszam, Jace.

Podbiegła do nas Abigail i przejęła ode mnie Freda.

– Ja się nim zajmę! Pan niech nas osłania!

Puściłem chłopaka i skupiłem się ponownie na strażnikach. Pracownicy ochrony biegli właśnie przez promenadę, gotowi powalić nas na ziemię. Uniosłem broń i oddałem strzał ponad ich głowami, trafiając w jedno ze świateł. Obsypani iskrami wpadli w panikę.

– Cofnijcie się albo was pozabijam! – krzyknąłem z pistoletem wycelowanym w nich.

Zamarli, po czym podnieśli ręce. Za mało im płacono, aby mieli się narażać, w przeciwieństwie do żołnierzy Unii, którzy skręcali się za nimi z bólu.

Abigail i Freddie szli jako pierwsi, a za nimi Hitchens i Octavia. Zaczekałem, aż dotrą do zatoki dokującej mieszczącej się na końcu promenady, skąd już blisko było do mojego statku. Prawie nam się udało.

Nagle rozległo się brzęknięcie tej samej windy, której użyliśmy kilka minut temu, i drzwi się rozsunęły. Wysiadło z niej dwóch mężczyzn z hotelu i ich spojrzenia natychmiast zatrzymały się na mnie. Ten z białymi włosami wskazał na mnie, natomiast ten drugi sięgnął po broń.

Dobrze, że okazałem się szybszy.

Strzeliłem i jednego z nich trafiłem w ramię. Obaj zanurkowali do windy, a ja opróżniłem cały magazynek, ostrzeliwując zasuwające się drzwi.

Bez chwili zwłoki dokonałem przeładowania, przeskakując wzrokiem między windą a strażnikami po drugiej stronie promenady.

Do moich uszu dobiegł głośny krzyk. Chyba wydało go dziecko. Rozejrzałem się szybko.

– Przestańcie! – zawołała Lex.

Odwróciłem się i zobaczyłem, jak kuca kilkanaście metrów ode mnie, przycupnięta za dużą ławką. Jak to się stało, że została tutaj sama? Dlaczego nie pobiegła razem z pozostałymi?

Podbiegłem do niej i chwyciłem za nadgarstek.

– Zasuwaj do statku, mała!

W tym momencie rozległ się strzał i kula minęła mnie, po czym utkwiła w ścianie za nami. Ranny żołnierz siedział na ziemi z bronią w ręce. Nim zdążył pociągnąć za spust, odruchowo się odwróciłem i oddałem w jego stronę jeden strzał. Kula trafiła go w szyję. Już-już miałem potraktować tak samo jego towarzysza, kiedy poczułem, jak Lex szarpie mnie za rękę.

– Panie Hughes!

Zamrugałem i się powstrzymałem. Musiałem zabrać to dziecko na statek. Musiałem zmyć się z tej stacji. Jeśli nie zrobię tego teraz, ta mała może nie przeżyć.

Wziąłem ją na ręce.

– Trzymaj się mnie!

Zarzuciła mi ręce na szyję i mocno zacisnęła – nie podejrzewałem, że w tej dziewczynce kryje się tyle siły. Rzuciłem się biegiem w stronę miejsca dokowania, gdzie czekał mój statek.

Usłyszałem gdzieś za sobą krzyk jednego z mężczyzn z windy. Wołał o więcej ludzi, ale my znajdowaliśmy się już daleko.

Obok śluzy czekały na nas spanikowane Abigail i Octavia.

– Dzięki bogu! – wykrzyknęła Abby i wyciągnęła ręce.

Przekazałem jej Lex, po czym gestem pokazałem, aby weszły do śluzy.

– Następnym razem lepiej pilnuj swoich rzeczy, paniusiu! –

Walnąłem pięścią w przycisk zwalniający, zamykając w ten sposób drzwi. – Wszyscy żyją? – zapytałem, chowając broń do kabury. – Siggy, zabierz nas stąd. A cała reszta zapiąć pasy, ale już!

18

– Niestety Stacja Taurus nie zezwala nam na odłączenie się – oświadczył Sigmond.

– Uwaga, statku próbujący odlecieć – rozbrzmiał w głośnikach głos. – Odłóżcie broń i przygotujcie się do otworzenia śluzy.

– No właśnie – mruknęła AI.

– Możesz się przestawić na sterowanie ręczne? – zapytałem.

– Ochrona stacji zainicjowała procedury zamknięcia, czyniąc to niemożliwym.

Spojrzałem na pasażerów.

– Ktoś z was potrafi zhakować system ochrony?

Nikt się nie odezwał.

– Tego się właśnie obawiałem – mruknąłem i obejrzałem się na śluzę.

– Kapitanie, mógłbym podjąć próbę uwolnienia nas, niemniej stacja poniosłaby znaczne szkody – poinformował mnie Sigmond.

– Jak znaczne?

– Siła pociągnięcia wyrwałaby klamrę dokującą ze ściany, pozostawiając ogromny otwór.

– Komuś stałaby się krzywda?

– Nie, jeśli postąpią zgodnie z procedurami – teoretyzował Sigmond. – Ściany stacji powinny dokonać kompensacji poprzez uruchomienie tarczy zakrywającej szkodę, co ochroni personel stacji przed eskpozycją.

– A statek doznałby zniszczeń?

– Kadłub trochę by ucierpiał, jednakże struktura pozostałaby nienaruszona. Nie wpłynęłoby to na atmosferę.

– Kapitanie, czy pan rzeczywiście bierze pod uwagę ucieczkę z tej stacji? – zapytał Hitchens.

– Alternatywa jest dużo gorsza, proszę mi wierzyć – odparłem.

Otarł czoło czerwoną chusteczką.

– Święci pańscy.

– Zróbmy tak, Siggy. Uwolnij nas, a kiedy tylko odlecimy ze stacji, masz otworzyć tunel.

– Jakie koordynaty, proszę pana?

– Obojętnie – odparłem. – Byle nie w kierunku przestrzeni Unii.

– Czyli w głąb Martwoziem, w kierunku przestrzeni zajmowanej przez Sarkonian – orzekł Siggy.

Na myśl o zabieraniu statku w pobliże terytorium sarkonijskiego robiło mi się niedobrze, ale lepsze już to niż ryzykowanie, że znajdzie nas Unia.

– Damy radę. Tylko pamiętaj, aby po dotarciu na miejsce aktywować pelerynę. Przez jakiś czas nie będziemy się wychylać.

– Tak jest, proszę pana. Pasażerowie, proszę zapiąć pasy bezpieczeństwa i zachować spokój.

Abigail spojrzała na mnie.

– Jest pan tego pewny?

Skinąłem głową.

– Zaufajcie mi.

Poczułem pod stopami wibracje i w całym statku rozległo się niskie buczenie. Spojrzeliśmy po sobie. Silniki szykowały się do pracy.

Zaraz zacznie nami szarpać.

Popatrzyłem na pozostałych.

– Złapcie się jakichś…

Całym statkiem szarpnęło. Wylądowałem na kolanach i chwyciłem się zamocowanej wzdłuż ściany poręczy. Trzymałem się mocno obiema rękami. Z zewnątrz, z okolic śluzy, dochodziły odgłosy zgrzytania.

Zerknąłem na swoich pasażerów. Abigail i Lex zdążyły się zapiąć, tak samo Freddie, któremu z rany nadal leciała krew. Octavia obejmowała Hitchensa, który tak jak ja upadł na ziemię. Zza śluzy dobiegł głośny wybuch, a po nim seria szybkich kliknięć.

I nagle szarpnęło nami do przodu.

Natychmiast przestało nami trząść i udało mi się wstać.

– Wszyscy cali? – zapytałem, w pierwszej kolejności spoglądając na Lex.

– My tak – odparła Abigail.

– My także – dodał Hitchens.

Podszedł do okna, aby ocenić szkody. Platforma dokująca uległa zniszczeniu, a przez otwór w ścianie stacji wylatywały różne szczątki.

Nasunęła się na niego warstwa metalu, zasłaniając pokład od środka i chroniąc tym samym stację przed ekspozycją.

Zauważyłem, że coś leci za nami – duży fragment ściany, przyczepiony do śluzy.

Później będę się tym musiał zająć.

– Siggy, dawaj! – warknąłem.

– Otwieram tunel – oświadczyła AI.

– Dokąd lecimy? – zapytała Lex.

Zacząłem iść, kierując się na przód statku.

– Tak daleko, jak tylko nam się uda. – Po tych słowach opuściłem salonik.

W kokpicie interfejs został już uruchomiony i czekał na moją autoryzację. Zaraz po tym, jak zająłem swoje miejsce, stuknąłem w przycisk aktywujący, wysyłając w ten sposób wiązkę światła, która otworzyła znajdujący się przed nami tunel.

Gdy w niego weszliśmy, uruchomiłem tylną kamerę statku, skupiając się na stacji. Nie było już odwrotu. Miałem pewność, że widzę ją – miejsce, które niemal byłem skłonny nazywać swoim domem – po raz ostatni.

W chwili, kiedy tunel zamykał się za nami, oczami wyobraźni ujrzałem Olliego. „Przykro mi, Ollie", pomyślałem, kiedy stacja zniknęła z pola widzenia. „Tak cholernie mi przykro".

– Gotowe – powiedziała Olivia, gdy wróciłem do saloniku.

Siedziała obok Freddiego i opatrywała mu ranę przy użyciu dostępnych w mojej apteczce materiałów. Nie dostrzegli mnie jeszcze.

Freddie zakaszlał.

– Co my teraz zrobimy? Ściga nas Unia. Kościoła już nie ma. Kończą nam się opcje.

– Będziemy się trzymać obranego kursu – oświadczyła Abigail.

– A co to konkretnie oznacza? – zapytałem, robiąc krok naprzód.

Spojrzała na mnie.

– Ponowne odkrycie Ziemi, a cóż by innego?

– A ty znowu o tym?

– Wiem, że nam pan nie wierzy, kapitanie. W porządku. Proszę jedynie o to, aby zabrał nas pan w jakieś bezpieczne miejsce. Na neutralną planetę, jeśli to możliwe, z dala od przestrzeni Unii. Gdzieś, gdzie będziemy mogli wyczarterować inny statek.

– Podrzucę was na Stację Keasler. To blisko kolonii wydobywczej. Nie ma tam nic ciekawego, ale to miejsce znajduje się na tyle daleko, że nie będziecie musieli się martwić, czy nie zostaniecie schwytani. Mają tam całkiem przyzwoity kosmodrom, więc jestem pewny, że uda wam się znaleźć kogoś, kto zabierze was tam, gdzie będziecie chcieli.

– Jesteśmy panu za to wdzięczni – powiedziała Abigail.

– Pan Hughes nie leci? – zapytała Lex, podnosząc na nią wzrok.

– Mam inne sprawy do załatwienia. Przykro mi, mała.

A mianowicie oddanie Fratleyowi pieniędzy, które mu wiszę. Będę się musiał pospieszyć. Zbliżał się termin spłaty i ostatnie, czego potrzebowałem, to kolejne kłopoty ze strony tego padalca.

Poszedłem do swojej kajuty i walnąłem się na materac. Nie potrafiłem jednak zasnąć, bo cały czas miałem przed oczami twarz Olliego.

Co ja wyprawiałem, transportując tych uciekinierów przez całe Martwoziemie? Czy zarobione pieniądze warte były życia przyjaciela?

Co ja sobie myślałem?

Spałem całe dziesięć godzin.

Kiedy się w końcu obudziłem, zegar mi powiedział, że jest

wczesny ranek. Gdybym się położył o normalnej porze, najpewniej jeszcze bym spał.

W saloniku zastałem Freddiego; spał z opatrunkiem na ramieniu. Chyba nic mu nie było – miarowo oddychał i nie wydawał żadnych dźwięków. Obok niego spała Octavia z tabletem w ręce. Cicho pochrapywała.

Zostawiłem ich tak i udałem się do kokpitu. Usiadłem na fotelu i wbiłem wzrok w wirujące zielone ściany tunelu. Było to pięknie chaotyczne i jednocześnie budzące grozę. Mógłbym się tak patrzeć godzinami, co zresztą miałem okazję robić wiele razy. W całym wszechświecie nie istniało nic równie tajemniczego i boskiego jak ta poświata Slipspace. Gdybym był osobą religijną, tak jak przewożeni przeze mnie pasażerowie, możliwe, że odnalazłbym w tym coś świętego. Coś, co mnie inspiruje.

Co mną kieruje.

Ale wiedziałem, że tego rodzaju kwestie pozostają domeną innych ludzi. „Takich jak Freddie i Abby”, pomyślałem. „Ludzi lepszych niż ja”.

Nie znosiłem siebie za ten sceptycyzm, za to, że nie potrafię dostrzegać magii, ale czy miałem okłamywać samego siebie? Zaprzeczać temu, kim jestem i w co wierzę?

Bez względu na to, jak bardzo bym się starał, w życiu nie dostrzegałbym tego, co pozostali. Nigdy pośród gwiazd nie ujrzałbym bogów.

Mogłem być tylko sobą.

– Proszę pana – odezwał się Sigmond, a jego głos przywołał mnie do rzeczywistości.

– O co chodzi? – zapytałem.

– Zbliżamy się do końca dziewiątego tunelu.

– To już tyle ich zmieniliśmy od wylotu z Taurusa? – Wyjąłem mapę galaktyki. Wyglądało na to, że lecieliśmy niezłym zygzakiem. Standardowa procedura, kiedy chciało się uniknąć spotkania z wrogiem pokroju Unii.

Znajdowaliśmy się już względnie blisko Stacji Keasler. Niedługo tam dotrzemy, a wtedy wysadzę pozostałych i ruszę w dalszą podróż.

Tylko dokąd?

Najpierw pewnie do Fratleya, potem jednak nie miałem pewności. Nie mogłem wrócić na Taurus, zwłaszcza że ścigała mnie Unia. Może polecę do Ouros i na jakiś czas zrobię przyczajkę, schowam głowę w piach na jednej z plaż i zapomnę o swoim burzliwym życiu.

– Ile nas dzieli od Układu Keasler? – zapytałem.

– Trzy standardowe godziny, proszę pana.

– Mało – stwierdziłem i nagle zrobiło mi się zimno.

– Mam obudzić pasażerów i ich o tym poinformować? – chciał wiedzieć Sigmond.

Odchyliłem się na fotelu i wbiłem wzrok w fale i iskry wzdłuż tunelu.

– Nie – westchnąłem. – Niech sobie jeszcze pośpią.

Opuściliśmy ostatni tunel i wlecieliśmy na obrzeża Układu Keasler. Na siatce pojawiło się kilka statków, z których większość była zadokowana na stacji. Zauważyłem jednak, że całkiem spora ich liczba ląduje i startuje z kolonii wydobywczej mieszczącej się na czwartej planecie od gwiazdy.

Tylko raz tu byłem, kilka lat temu, podczas misji dostawczej. Niejaki Oxam Wu wynajął mnie do podrzucenia na stację nielegalnego towaru dla ówczesnego jej zarządcy. Byłem wtedy mniej doświadczony, więc zadawałem mniej pytań. Dopiero później się dowiedziałem, że przewoziłem broń. Od tamtej pory dbałem o to, aby mieć na temat swoich zleceń zdecydowanie większą wiedzę.

Ale może to był błąd. Bo przecież właśnie przez zadawanie pytań znalazłem się w takiej, a nie innej sytuacji. Gdybym nie wyciągnął z Abigail informacji o tym, co ze sobą przewozi, możliwe, że udałoby mi się uniknąć spotkania z Unią. Ollie nadal by żył.

Pokręciłem głową. Za późno na takie myślenie. Lepiej ogarniać obecną sytuację, jakakolwiek by była, niż patrzeć wstecz.

– Zaczekajmy, aż będziemy gotowi – rzekłem do Siggy'ego.

– Mam aktywować pelerynę, proszę pana?

– Na razie zaparkuj nas za tym księżycem – odparłem, stukając w wyświetlacz.

– Pani Pryar chciałaby się z panem widzieć – dodał Sigmond.

– A więc się obudziła.

Freddiego i Octavię zastałem w saloniku. Chłopak nadal spał, ona zaś zmieniała mu właśnie opatrunek.

– Dzień dobry, kapitanie – rzekła na mój widok.

– Jak on się czuje? – zapytałem.

– Jakoś się trzyma. W nocy miał niewielką gorączkę, ale wygląda na to, że spadła.

– To dobrze. Daj znać, gdybyście czegoś potrzebowali.

Kiwnęła głową.

– Dziękuję panu.

Kajuta Abigail znajdowała się na końcu korytarza, naprzeciwko mojej. Drzwi były już otwarte. Na łóżku dostrzegłem torbę z ubraniami.

– Szykujesz się do wysiadki? – zapytałem, wszedłszy do środka.

W rogu stała Lex i obserwowała, jak mniszka pakuje jej torbę.

– Strasznie się spieszy – poinformowała mnie dziewczynka.

– Naprawdę?

– Musimy się zbierać zaraz po zadokowaniu – powiedziała Abigail. – Sigmond dał znać, że dotarliśmy do układu, więc już prawie pora.

– Nie chcę znowu wysiadać – zaprotestowała Lex. – Ten statek jest fajny.

– Mała ma dobry gust – stwierdziłem.

– Skoro jednak nie może nam pan dalej pomagać…

– Wiesz, że muszę się zająć własnymi sprawami, Abby. Nie chodzi o was.

Wrzuciła do torby koszulę.

– Okej.

– Gdybym zabrał was ze sobą do Fratleya, mnie by zabił, a Lex zabrał, żeby dostać za nią tę nagrodę. Skończyłoby się to katastrofą.

– Wiem.

– No to czemu się złościsz?

– Nie złoszczę. Po prostu sądzę, że prościej by było dla wszystkich, gdybyśmy nie musieli szukać innego statku.

– Po to mnie tu zawołałaś? Żeby na mnie krzyczeć?

Westchnęła.

– Nie, przepraszam. Nie chodzi o to…

– Wobec tego o co?

Przez chwilę się wahała, po czym dotknęła swojej kieszeni.

– Chciałam coś panu dać, nim nasze drogi się rozejdą.

– Masz dla mnie prezent? – zapytałem.

– Proszę sobie nie żartować. To coś, co jestem panu winna. I tyle.

– Och. Czyli pieniądze?

Z kieszeni wyjęła coś, co wyglądało jak złoty medalion.

– Proszę – powiedziała i położyła mi go na dłoni.

Z palca ześlizgnął mi się cienki łańcuszek.

– Co to jest?

– Pańska zapłata – odparła i wróciła do pakowania się.

– Moja zapłata?

Przyjrzawszy się uważniej, na wierzchu medalionu dostrzegłem jakiś misterny wzór. Dotarło do mnie, że wygląda identycznie jak ten, który kilka dni temu Freddie pokazał mi na swoim tablecie.

– To ma być Ziemia?

– Tak mówią – odparła. – Jak pan chce, to może to sprzedać. Śmiało, proszę otworzyć.

Tak zrobiłem. Moim oczom ukazał się tykający zegarek. To wcale nie był medalion, lecz kieszonkowy zegarek.

– A niech mnie.

– Jest cały ze złota – wyjaśniła mniszka. – Kościół uważał, że to relikt z Ziemi. Nie mam co do tego pewności, ale teraz należy do pana. Powinien pokryć koszty pańskiej pomocy wobec Lex i mnie.

– Dostałem już całą kwotę dzięki sprzedaży tamtych urządzeń. Zapłaciliście mi tyle, ile trzeba.

– To było za to drugie zlecenie, zabranie nas do Epsilonu. Zegarek jest za pomoc mnie. Proszę go wziąć, panie Hughes.

Spojrzałem na trzymane w ręce złote świecidełko.

– Na pewno?

– Na pewno – odparła i wcisnęła do torby kolejne ubrania. – Jeszcze raz dziękuję za wszystko, co pan zrobił.

Kiedy szedłem do kokpitu, czułem, jak zegarek podskakuje

mi w kieszeni. Był ciężki i miałem wrażenie, że do mnie pasuje. To był piękny prezent i choć mógłbym za niego dostać niezłą kasę, nie zamierzałem go sprzedawać. Miałem wystarczająco kasy na spłatę Fratleya, plus mały bonus.

Na końcu korytarza usłyszałem kliknięcie komunikatora.

– Proszę pana, mogę prosić o pańską uwagę? – zapytał Sigmond.

– O co chodzi?

– Tunel, który opuściliśmy, właśnie się otwiera. Mamy pozostać w obecnej lokalizacji czy woli pan, abyśmy się przenieśli?

– Oby to nie była znowu Unia.

Obserwowałem wyświetlacz, a kiedy z tunelu wyleciał statek, od razu go poznałem.

– Nie wydaje mi się – rzekł Sigmond.

To był ten sam statek, który widziałem nad Arkadią, ten, który należał do Fratleya.

– Siggy, szykuj się do kolejnego ślizgu!

– Proszę pana, kanał się otwiera. To…

– Cóż, a to niespodzianka – odezwał się znajomy głos.

– Fratley?

– Zgadza się, stary. Miło cię znowu widzieć. Wolno mi spytać, co robisz aż tak daleko?

Dotknąłem panelu kontrolnego, próbując przywołać systemy komunikacyjne. Zero reakcji.

– Siggy, jesteś tu?

– Przejąłem kontrolę nad komunikacją – wyjaśnił Fratley. – Mam nadzieję, że się nie gniewasz. Potrzebowałem twojej pełnej uwagi.

– Zhakowałeś mój statek?

– To nie do końca odpowiednie słowa – stwierdził. – Znam

po prostu hasła dostępu. Coś takiego ułatwia przejęcie mojej własności, jeśli płatność nie dotrze.

– Fratley, zaraz po tej robocie miałem do ciebie lecieć. Mam na koncie całą potrzebną kwotę.

– Och? Całe siedemdziesiąt pięć tysięcy kredsów?

– Plus trochę odsetek.

Zaśmiał się.

– A to dobre! Oto, co potrafi zdziałać odrobina motywacji.

– Jak chcesz, to od razu mogę ci przelać kasę na twoje konto. Potrzebuję jedynie połączenia z gal-netem. Nie uda mi się to jednak bez mojego komunikatora.

– W porządku, Jace. Pozwolę, abyś mi zapłacił, będziesz musiał jednak zaczekać. Ci ludzie, których wieziesz, są mi potrzebni.

Wzdłuż pleców przebiegł mi zimny dreszcz. Dobrze go usłyszałem? Nie, to niemożliwe, aby wiedział, kogo mam na pokładzie swojego statku. Niemożliwe i już.

– Słucham?

– Nie udawaj głupiego. Wiem, że jest u ciebie ta Pryar. I ten albinoski wybryk natury pewnie także. Przekażesz mi je, a potem spłacisz swój dług. Wtedy będziemy kwita.

„Cholera", pomyślałem.

– I nie próbuj uciec – ostrzegł mnie Fratley. – Mam wymierzone w ciebie trzy działa. W jednej sekundzie wykopiemy się z tej orbity.

Wiedziałem, że Fratley mnie widzi mimo peleryny, więc nie blefował. Mogłem podjąć próbę ucieczki, ale robiły już tak statki szybsze niż mój, a teraz były niczym więcej jak kosmicznym kurzem. Poza tym miałem okazję widzieć, jak ściga paru innych tak długo, jak trzeba, po to tylko, aby ich załatwić. Tak samo pewnie zrobiłby ze mną.

– Okej, Fratley. Nigdzie się nie ruszę.

– I to mi się właśnie podoba, Jace!

Komunikator kliknął.

– Najmocniej przepraszam – odezwał się Sigmond. – Straciłem kontrolę nad systemem.

– Statkowi nic nie jest? – zapytałem.

– Nic nie uległo zniszczeniu.

– Aktywuj swój firewall. Nie pozwól, aby Fratley ponownie przejął kontrolę.

– Tak jest, proszę pana.

Zerwałem się z fotela i pobiegłem do saloniku.

– Chodźcie tu do mnie szybko! – zawołałem.

Octavia, Freddie i Hitchens już tu byli, a chwilę później nadbiegły Abigail i Lex.

– Co się stało? – zapytała mniszka.

– Wrócił Fratley – odparłem, wskazując na okno. – I wie, że tu jesteście.

19

– I co my teraz zrobimy? – zapytał Hitchens.

– Musimy się stąd wydostać – upierała się Abigail.

– Uspokójcie się. Coś wymyślę – rzuciłem.

– Proszę pana, od statku pustoszycieli odłączył się właśnie prom. Chcą, abyśmy pozwolili im się zadokować – poinformował Sigmond.

– Połącz mnie z Fratleyem – poleciłem. – A wy bądźcie cicho.

Lex stała przed Octavią i nie spuszczała ze mnie wzroku. Ciekawe, czy w ogóle wiedziała, co się dzieje.

Z komunikatora dobiegł głos Fratleya:

– Jace, czego chcesz? Zaraz u ciebie będę.

– Mam problem ze śluzą – odparłem. – Przyczepił się do niej kawał ściany.

– Przecież wiem! Wyluzuj, Jace. Zajmę się tym. Moi chłopcy tak szybko oderwą to gówno, że zapomnisz, że w ogóle tam było. Tylko się przygotuj, bo mogą przez przypadek naruszyć atmosferę twojego statku i wszystkich pozabijać. – Zarechotał.

– Jeśli zginę, to nie otrzymasz swoich pieniędzy – powiedziałem ostrożnie.

– Pozwól, że ja się będę tym martwił – odparował Fratley. – No dobra. Będziemy w kontakcie.

Rozległo się kliknięcie. Wyjrzałem przez okno i ujrzałem lecący od strony jego statku prom.

– Musimy was ukryć – rzekłem do swoich pasażerów. – Wszystkich.

– Znowu mamy wejść do tamtej dziury? – zapytała Lex. – Wcale mi się tam nie podoba. Śmierdzi sikami.

– Nie potrwa to długo. – Abigail gładziła jej włosy.

– Wszyscy pamiętacie, co robić, tak? Kiedy będziecie gotowi, Sigmond otworzy ścianę – powiedziałem.

– Już tam idziemy. – Po tych słowach Octavia wzięła Hitchensa za rękę.

– Święci pańscy – rzucił archeolog.

Spojrzałem na Freddiego, który trzymał się za ramię.

– Dasz radę iść z nimi? – zapytałem go.

Chłopak wstał.

– Proszę się o mnie nie martwić. Dam sobie radę.

Kiwnąłem głową.

– Octavio, zajmij się nim. Zabierz apteczkę.

Prom Fratleya zatrzymał się koło Gwiazdy i szybko wysunął dwa rozkładane ramiona. Uchwyciły się potężnego kawałka metalu, który nadal był przytwierdzony do śluzy. Przez chwilę sądziłem, że może się to skończyć wyrwą w moim statku, ale na szczęście tak się nie stało. Metal się odłączył, a prom Fratleya wypuścił go w pustą przestrzeń, pozwalając odpłynąć.

Odwróciłem się i spojrzałem na Octavię.

- Szybko, pomogę wam. Mamy mało czasu, więc musimy się pospieszyć.

Śluza się otworzyła i na mój statek wkroczył Fratley Oxanos.

– Jace! Ty stary szczurze.

– Fratley! – W moim głosie nie słychać było entuzjazmu.

Obdarzył mnie promiennym uśmiechem.

– Dzięki za gościnę.

Za nim wpakowało się ośmiu jego ludzi, każdy z karabinem i pistoletem przy pasie.

Fratley popatrzył na tego, który stał najbliżej, dowódcę oddziału.

– Rozpocznijcie przeszukanie.

– Tak jest, szefie – odparł mężczyzna.

Skinął na pozostałych, aby udali się za nim i razem wbiegli do saloniku.

Fratley i ja popatrzyliśmy na siebie.

– Mam wrażenie, że dopiero co tu byłem – stwierdził.

– Pewnie zasmakowała ci moja kawa.

Zaśmiał się.

– Wiesz, kiedy jeszcze byłem renegatem, miałem statek taki jak twój. Oczywiście ładniejszy, no ale jednak podobny.

– Naprawdę?

Kiwnął głową.

– Mówię ci, żyłem sobie wtedy jak król. Zlecenia wpadały z każdej strony. Nie tak jak teraz. Miałem wystarczająco kasy na spłatę długów i naprawę statku, czego nie da się powiedzieć o tobie.

– Kiepski ten sezon. Możemy podziękować za to Unii.

– To prawda. Unia chce, aby wszyscy tańczyli tak, jak im zagra. Dotarła już na Martwoziemie, przesuwając granicę. Sam widziałeś paru ich ludzi na Taurusie, tyle że to nie byli wszyscy. Mają dalekosiężne plany, Jace.

Zaskoczył mnie tym, że wie o Taurusie. Nie widziałem tam przecież jego statku.

– Słyszałeś o tym, tak?

– Niezły z ciebie łobuziak, Jace. Oni nawet nie wiedzą, że to byłeś ty, ale ja obserwowałem.

– Obserwowałeś? – powtórzyłem.

– Ciebie zawsze, Jace.

Oparłem się o ścianę.

– Nie jestem pewny, czy powinno mnie to niepokoić, czy mi schlebiać.

– To dla twojego dobra. Wisisz mi sporo kasy, nie mogę więc dopuścić do tego, abyś dał się zabić. A przynajmniej do czasu, aż mnie spłacisz.

– Rozumiem. – Skrzyżowałem ręce na piersi. – Masz biznes, o który musisz dbać.

– Odnoszący sukcesy – zapewnił.

Dowódca przybiegł od strony korytarza.

– Proszę pana, ani śladu nikogo.

– Och? – zdziwił się Fratley. Spojrzał na mnie i uniósł brwi. – Gdzie ta dziewczynka, Jace? Gdzieś ją schowałeś?

– Nie bardzo wiem, o co ci chodzi – odparłem, patrząc mu w oczy.

Zarżał.

– Daj spokój, Jace. Obaj wiemy, że gdzieś ją ukryłeś. Widziałem zapis z kamer na Taurusie. Weszła na twój statek.

– Nie przypominam sobie tego. To musiał być jakiś inny statek.

Spojrzał na stojącego najbliżej zbira.

– Poprzednio jedna ze skrzyń była przestawiona, nie? Sprawdźmy, jak wygląda ładownia.

– Tak jest, proszę pana.

Fratley dopilnował, abym udał się za nim. Jego ludzie mnie popychali, dopóki nie dotarliśmy do ładowni.

Skrzynie stały w równych rzędach pod ścianą, przeniesione na swoje miejsca. Fratley podszedł do najbliższej, tej, która wcześniej została wyciągnięta, i uważnie jej się przyjrzał.

– Zabierzcie ją.

Dwóch osiłków chwyciło za nią i odsunęło, przesuwając po metalowej podłodze i wypełniając ładownię głośnym piskiem. Następnie Fratley podszedł do ściany i się ku niej nachylił.

– Czegoś szukasz? – zapytałem.

Zastukał laską w ścianę i odpowiedział mu głuchy odgłos.

– Załatwiłeś sobie schowek, co? – Przywołał do siebie jednego ze swoich ludzi. Sługus wręczył mu niewielkie urządzenie. – Wcale ci się nie dziwię. W dawnych czasach sam takie miałem.

Nacisnął jakiś guzik na urządzeniu, następnie przeskanował ścianę. Nie minęły dwie sekundy, a ściana się przesunęła, odsłaniając kryjówkę.

Fratley przyjrzał się pustemu schowkowi, nachylił się, ale nic tam nie znalazł. Ani śladu intruzów. Ani śladu pasażerów zbiegów.

– Zadowolony? – zapytałem.

Obejrzał się na mnie i się uśmiechnął.

– Obawiam się, że jeszcze nie.

Stuknął się w ucho, otwierając kanał komunikatora.

– Znaleźliście ich? – zapytał. – Aha. Cóż, szybko się uwinęliście. Dobra robota.

Przywódca pustoszycieli obrócił w powietrzu laskę i zaczął iść w moją stronę.

– Coś się stało? – zapytałem.

– Chodź za mną, Jace. Będziesz chciał to zobaczyć.

Opuściliśmy ładownię i szliśmy przez korytarz. Słyszałem jakieś odgłosy dobiegające z saloniku. Kroki, a potem jakieś stęknięcie.

– Siadaj i się nie ruszaj – warknął jeden z mężczyzn.

Gdy wyszliśmy zza rogu, wiedziałem już, czego się spodziewać. Od razu dostrzegłem Abigail i jej długie jasne włosy. Surowym spojrzeniem mierzyła trzech stojących obok niej zbirów.

A kiedy w końcu wszedłem do saloniku, ujrzałem, że jeden z mężczyzn trzyma Lex – jedną dłoń zaciskał na jej ramieniu, a drugą na białych włosach.

Fratley klepnął się w kolano.

– No proszę! Co za widok. Wygląda na to, że sporo zarobię! Dzięki, że przechowałeś je dla mnie, Jace.

Mężczyzna tak mocno trzymał Lex za włosy, że dziewczynka ewidentnie czuła ból.

Abigail też to zauważyła i przeniosła wzrok na twarz strażnika. Wiedziałem, że przy pierwszej nadarzającej się okazji spróbuje go zabić. Miałem tylko nadzieję, że wytrzyma na tyle długo, abym coś wykombinował.

– Tak się cieszę, że ciebie akurat nie zabiłem, Jace – oświadczył zadowolony z siebie Fratley. – Dostanę kasę dwa razy, i to w ciągu jednego dnia.

Korciło mnie, aby chwycić za pistolet i zasadzić temu dupkowi kulkę w łeb, szybko jednak odsunąłem od siebie ten impuls.

– Cieszę się razem z tobą.

Zignorowawszy mnie, Fratley podszedł do Lex. Ujął ją pod brodę i przyjrzał się jej twarzy.

– Tyle kasy, i to właśnie za ciebie.

Zobaczyłem, że Abigail cała się spina i wychyla w przód, obserwując mężczyznę z laską.

– Ciekawe, dlaczego Unia tak bardzo chce cię odzyskać – rzucił Fratley. – Masz coś, czego oni potrzebują?

– To tylko dziecko – odezwałem się.

– Ale za to dziwnie wyglądające, co nie? – Przesunął palcem po jej alabastrowych włosach.

– Zabieraj te łapska! – wrzasnęła Abigail, nie mogąc się powstrzymać.

Fratley odwrócił się w stronę mniszki. Zrobił krok w jej stronę, następnie uniósł laskę i uderzył Abigail w brodę. Przewróciła się z jękiem. Z brody leciała jej krew.

– Co to miało być? – zapytał spokojnie, stając nad nią.

– Hej! – zawołałem.

Fratley się zaśmiał.

– Dajcie mi jakąś szmatę – rzucił do jednego ze swoich ludzi.

Przełknąłem ślinę, nagle się bojąc, że ten psychopata kogoś zamorduje.

– Proszę, Fratley, uspokój się.

Z uśmiechem wytarł z laski krew.

– Mam się uspokoić? – zapytał, patrząc na leżącą na ziemi Abigail. Kopnął ją, uśmiechając się przy tym przebiegle.

Mniszka krzyknęła i próbowała się odczołgać.

– Wszyscy są spokojni – oświadczył Fratley.

– To może oddam ci teraz twoje pieniądze, co? Ile to było, siedemdziesiąt pięć tysięcy? Dorzucę piętnaście jako odsetki. Dwadzieścia pięć już ci przelałem, więc powinniśmy być kwita. Co ty na to? Dziewięćdziesiąt tysięcy kredytów, całe twoje.

Fratley odchylił się, aby na mnie spojrzeć. Uniósł brew. Stał tak przez chwilę, jakby przetwarzał w myślach te kwoty. Cały deal zaczął się od tego, że pożyczyłem od niego sto tysięcy. Oddałem mu dwadzieścia pięć, więc teraz winien byłem siedemdziesiąt pięć plus odsetki. Zbyt wiele liczb obracało się w jego głowie, ale w końcu zaklikało.

Uśmiechnął się.

– Och, Jace, ty wiesz, jak mi ogrzać serce. – Stuknął laską o obcas swojego buta. – Zobaczmy te kredsy!

– Sigmond, przelej dziewięćdziesiąt tysięcy kredytów na następujące konto – rzuciłem, patrząc na Fratleya. – Podyktujesz?

Wyszczerzył się.

– 44-029-11000.

– Zlecenie przyjęte – poinformował Sigmond. Minęło kilka sekund. – Przelew dokonany.

Fratley wyciągnął rękę do zbira stojącego najbliżej.

– Tablet.

Mężczyzna podał mu urządzenie.

– Proszę, szefie.

– Sprawdźmy. – Fratley wziął je od niego i zerknął na ekran. – Tak. Tak. Jeszcze chwila.

Milczałem, nie poganiając go.

– Ach, dobra robota, Jace. Wygląda na to, że mam na koncie całą kwotę. Pięknie.

– Proszę bardzo – burknąłem.

– A teraz musimy jedynie dostarczyć tę gówniarę Brighamowi.

– Brighamowi?

Machnął lekceważąco ręką.

– Zapomnij. Mniejsza z tym. Jedyne, co musisz wiedzieć, to że zabieram tę małą. Wydano nakaz za tą mniszką, więc ją też wezmę. – Skinął na zbira trzymającego Lex. – Bierz ją na prom i porządnie zwiąż. Tę też. – Wskazał na Abigail. – Daj jej szmatę, żeby wszystkiego nie pobrudziła.

Strażnik zmusił Lex, by wstała, i pchnął ją, kierując ku wyjściu. Dwóch innych podniosło z ziemi Abigail.

– Zamierzasz je sprzedać Unii? – zapytałem.

– Dziewczynka ma być cała i zdrowa, ale mniszka… cóż, nie musimy jej dostarczyć w jednym kawałku. Może pozwolę, aby chłopcy najpierw się z nią zabawili.

Poczułem, że zaciskam dłoń w pięść.

– Natomiast jeśli chodzi o ciebie, Jace, to jestem rozdarty. Generalnie zabiłbym kogoś, kto próbował stanąć mi na drodze, ale oddałeś mi kasę. Wiem, że masz słabość do tej dwójki, więc staram się podchodzić do tego rozsądnie. Łatwo facetowi dać się omotać przez dziewczynę, kiedy przez cały czas tkwi w tej próżni. Ja to rozumiem. Ba, sam kiedyś tak miałem. Więc tak sobie myślę, że nie wszystko jest twoją winą. To po prostu twój kutas. Nic nie jesteś w stanie poradzić, nie?

Nie odrywałem wzroku od zabieranej z saloniku Abigail.

– Jasne – odparłem, starając się zdusić emocje.

– Świetnie cię rozumiem, Jace, i powiem ci, co zrobię. Pozwolę ci to odpracować. Przez cały przyszły rok masz mi odpalać działkę ze wszystkich swoich zleceń, a może puszczę to wszystko w niepamięć. Tym sposobem będziemy kwita. – Zastukał laską w podłogę. – Nikomu nie proponuję takich układów, stary. Masz szczęście, że cię lubię.

Miałem wielką ochotę wsadzić mu pistolet do ust. Co za dupek.

– Wow, Fratley. Nie wiem, co powiedzieć.

– A nie taka jest prawda? A skoro masz szczęście, to może nieco przedłużę ten układ. Od teraz bądź wobec mnie szczery, bo uwierz mi, nie chcesz mnie znowu wkurwić. Nie po tym. Rozumiesz? No już, Jace. Muszę to usłyszeć. Muszę usłyszeć, jak mówisz, że rozumiesz.

– Rozumiem, Fratley – odparłem.

– Świetnie. Naprawdę świetnie.

– Niestety jest pewien problem, jeśli chodzi o ten plan. – Obserwowałem strażników, którzy popychali Lex w stronę śluzy.

– Och? – zaśmiał się Fratley. – Jak to, Jace? Masz lepszy pomysł? Chcesz mieć większy udział? Obawiam się, stary, że więcej nie mogę ci zaoferować.

– Nie chodzi o to – odparłem, patrząc na niego. – Nie zależy mi na kasie.

– W takim razie o co? – zapytał. – Chcesz, abym dał ci godzinę z mniszką?

Wpatrywałem się w niego, a po skroni spływała mi kropla potu. Istniało spore prawdopodobieństwo, że dzisiaj zginę i będzie to tylko i wyłącznie moją winą. Mógłbym teraz odejść i żyć, brać inne zlecenia i robić inne rzeczy, może nawet przejść na emeryturę i zamieszkać na jakiejś kurortowej planecie daleko stąd. Moje życie mogłoby się stać dziecinnie proste.

Ale dla ludzi mojego pokroju nie istniało coś takiego jak proste życie. Nie, lubiłem ostro pogrywać. Lubiłem grać o wszystko.

„A pieprzyć to wszystko", pomyślałem, wsuwając dłoń pod kurtkę i zaciskając palce na wsuniętym za pasek rozkładanym pistolecie.

– Będę potrzebował nieco więcej niż godziny – rzekłem i wcisnąłem guzik, dzięki czemu pistolet się rozsunął. Szybkim ruchem uniosłem rękę i wycelowałem w twarz Fratleya. – To znaczy jeśli nie masz nic przeciwko.

Fratley zaśmiał się drwiąco.

– I co zrobisz tym maleństwem, Jace? Zabijesz robaka? Zapominasz, że za tobą stoi sześciu moich ludzi?

Usłyszałem ładowanie karabinu.

– Odłóż broń! – krzyknął jeden z pustoszycieli.

– Nie ma mowy – odparłem, nie opuszczając ręki. – Nie próbujcie niczego, inaczej strzelę.

Fratley pokręcił głową.

– To byłby duży błąd. Jak już mówiłem, wystarczy, że pociągniesz za spust, a Jimmy rozwali ci czaszkę.

– No to sprawdzimy, czy tak się stanie. Prawda, Octavio?

Fratley uniósł brew.

– A kim, u licha, jest Oct…

Zza metalowej kraty nad jednym z mężczyzn wystrzeliła kula, trafiając go w głowę i zabijając na miejscu. Krata odpadła z sufitu i wylądowała na martwym strażniku.

Z otworu wychynęła Octavia z moim pistoletem w ręce i oddała dwa strzały w stronę zbirów stojących najbliżej.

Pierwszego trafiła w brzuch. Zachwiał się i celując w sufit, wystrzelił w panice.

Druga kula trafiła jego kolegę w stopę, rozrywając mu but na kawałki razem z palcami. Mężczyzna wrzasnął, próbując wycelować w stronę otworu wentylacyjnego, nim jednak mu się to udało, trzecia kula przeszyła mu klatkę piersiową. Upadł na ziemię i znieruchomiał.

Octavia Brie zeskoczyła z dziury w suficie i wylądowała na leżących pod nią zwłokach.

Na widok tego chaosu Fratley otworzył szeroko oczy.

– Zatrzymajcie ją!

Drugi żołnierz wycelował, lecz Octavia okazała się szybsza. Trafiła zarówno w niego, jak i znajdujący się za nim ekspres do kawy, który eksplodował odpryskami szkła i czarnym płynem.

Fratley i ja rzuciliśmy się na ziemię, starając się uniknąć kontaktu z resztkami ekspresu. Nasze twarze dzieliły od siebie zaledwie centymetry.

Obaj potrzebowaliśmy chwili, aby się zorientować, co się dzieje. Próbowałem w niego wycelować, tyle że kiedy uniosłem rękę, on walnął mnie w nadgarstek, chcąc mi w ten sposób wytrącić broń. Kiedy tak się nie stało, zwolnił magazynek i wytrząsnął z komory załadowaną kulę, następnie jedno i drugie rzucił za nas.

Udało mi się wyszarpnąć mu pistolet, mimo że był pusty, i próbowałem podnieść się na kolana. On robił to samo, więc rzuciłem mu się do gardła i go przyszpiliłem. Uniosłem pusty pistolet nad głowę, szykując się do zatłuczenia nim Fratleya na śmierć, kiedy za mną rozległ się strzał i kula trafiła w ścianę po mojej lewej. Fratley wykorzystał okazję i walnął mnie w bok, po czym mnie z siebie zrzucił.

Sięgnął po laskę, która upadła niedaleko od niego. Próbowałem rzucić się za nim, tyle że okazałem się zbyt wolny. Chwycił laskę i wziął zamach, celując w moją głowę. Zablokowałem go lufą pistoletu. Klęcząc, napierał na laskę całym swoim ciężarem.

Zaciskając szczękę, odpychałem go z całych sił, on był jednak zdeterminowany. Drugą ręką sięgnąłem po kubek. Zdecydowanym ruchem walnąłem nim Fratleya w brodę, przewracając go.

Gdy upadł, szybko wyrwałem mu laskę i cisnąłem za siebie.

Nim zdążył się ruszyć, siadłem okrakiem na jego torsie i chwyciłem za kołnierz. Z całej siły walnąłem go w twarz, tak mocno, że aż mi zdrętwiały knykcie. Z nosa trysnęła mu krew, po tym jak nie przestawałem zadawać kolejnych ciosów, i po chwili otworzył usta, jakby chciał coś powiedzieć.

Nim mu się to udało, ponownie walnąłem go zakrwawioną pięścią w policzek.

– Jace! – zawołała Lex z drugiego końca statku.

Na dźwięk swojego imienia znieruchomiałem z pięścią nad głową Fratleya. Wyglądał na oszołomionego i tak, jakby miał zaraz zemdleć.

– Panie Jace! – wrzasnęła dziewczynka.

Puściłem Fratleya, zerwałem się na równe nogi i odwróciłem się w stronę, skąd dobiegał jej głos.

– Lex?

– Pomocy! – zawołała. – Panie Jace, pomóż mi!

Puściłem się biegiem, podnosząc po drodze laskę Fratleya. Gdy skręciłem za róg, zobaczyłem leżącą na ziemi Octavię i stojącego nad nią mężczyznę. Celował do niej z pistoletu.

Rzuciłem w niego laską i trafiłem go w ramię. W tym samym momencie nacisnął spust, a kula trafiła w ścianę korytarza.

Rzuciłem się biegiem w jego stronę, po czym wbiłem mu ramię w tors i go przewróciłem. Upuścił pistolet, więc go podniosłem i wycelowałem. Nacisnąłem spust, kiedy tylko lufa dotknęła jego brzucha. Zachwiał się, lecz raz jeszcze rzucił się na mnie, jakby był nieświadomy obrażeń.

Ponownie pociągnąłem za spust, lecz usłyszałem kliknięcie. Pistolet był pusty.

Zbir zderzył się ze mną. Ważył dwa razy tyle co ja i swoim

ciężarem przygniótł mnie do ziemi. Uniósł ręce i wbił mi pięści w klatkę piersiową, sprawiając, że z płuc uszło mi powietrze.

Rzęziłem, próbując go odepchnąć.

Ponownie się zamachnął i przeszyła mnie fala bólu. Nie mogłem oddychać. Żebra miałem nagle jak odrętwiałe.

Pustoszyciel wyszczerzył się, nawet gdy z ust lała mu się krew, i uniósł obie ręce, gotowy dokończyć swego dzieła. Skrzydełka nosa mu zadrżały, kiedy zacisnął zęby.

Cały się spiąłem w oczekiwaniu ostatecznego ciosu. Nie mogłem zrobić nic, aby go powstrzymać. Nie mogłem powiedzieć nic z wyjątkiem…

Głową mu szarpnęło, kiedy na statku zabrzmiał dźwięk wystrzału, a na ścianę rozbryzgnęły się fragmenty jego czaszki i mózgu. Siedział na mnie z pustką w oczach, a potem przechylił się do przodu i z głuchym odgłosem upadł obok mnie.

Cztery metry od nas stał doktor Hitchens. Ściskał w obu dłoniach rozkładany pistolet, który upuściłem w saloniku. Na jego twarzy malowało się przerażenie, jakby nie mógł uwierzyć w to, co właśnie zrobił.

Tak jak i ja.

Wydostałem się spod zwłok i powoli wstałem.

– Ja pierdolę – mruknąłem, trzymając się za obolałą klatkę piersiową. – Ja pierdolę, doktorku!

– Czy ja… go zabiłem?

Objąłem palcami lufę pistoletu i opuściłem Hitchensowi ręce.

– Spoko.

Spojrzał na mnie.

– Gdzie są dziewczyny?

– Zaraz po nie pójdę – odparłem. – Proszę tu zaczekać, okej?

– O-okej. – Wpatrywał się w leżącego na korytarzu martwego mężczyznę.

Otarłem czoło, po czym przyjrzałem się Octavii. Leżała bez ruchu na ziemi, ale nie mogłem się nią teraz przejmować. Nie, kiedy pozostałym nadal groziło niebezpieczeństwo.

– Proszę się nią zająć. Zaraz wracam.

Hitchens podbiegł do swojej koleżanki.

– Octavio? – szepnął i ujął ją za brodę. – Ona oddycha! Oddycha.

– Zostań z nią pan i krzycz, jeśli zobaczysz kogoś jeszcze – rzuciłem i z bronią w gotowości ruszyłem w stronę drzwi prowadzących do promu Fratleya.

Przeszedłem przez śluzę do wahadłowca, który był tak duży, że prawie mógł służyć za osobny statek. Można w nim było chodzić wyprostowanym, a jego szerokość wynosiła mniej więcej dwa metry.

W kącie leżały śmieci – puszki po piwie i torby ze śmieciowym żarciem. Za jakimś tuzinem pustych foteli wisiała zasłona. Dokuśtykałem na tył promu, trzymając przed sobą naładowany pistolet.

– Puśćcie mnie! – wrzasnęła Lex.

Na dźwięk jej głosu przyspieszyłem.

Odsunąłem zasłonę i zobaczyłem dwóch mężczyzn. Między nimi stała Lex.

Abigail także tam była i ku memu zdziwieniu stała o własnych siłach. Jeden z mężczyzn jedną ręką trzymał ją za włosy, a drugą za szyję.

– Jace! – zawołała Abigail.

– Ani kroku dalej! – krzyknął jeden z mężczyzn, dociskając karabin do klatki piersiowej mniszki.

Wycelowałem w tego, który trzymał Lex.

– Dotknij tej małej, a poślę cię prosto do piekła.

– Tylko spróbuj, a zabijemy je obie!

Zrobiłem krok w ich stronę, nie opuszczając pistoletu.

– Zrób to, Jace! – wrzasnęła Abigail. – Sobą sama się zajmę.

W małym rozsuwanym pistolecie pozostała tylko jedna kula. Za mało na dwóch oprychów. Musiałem się naprawdę postarać.

– Ręce precz od małej, chyba że chcesz zobaczyć, jak wygląda twój mózg.

– Ona jest nasza – odparł. Nachylił się nad Lex i ujął ją pod brodę. – Tylko zaczekaj, aż ją zabierzemy do…

Oddałem ostatni strzał, trafiając go w szczękę i kiereszując mu twarz. Upadł przed Lex, ona zaś wydała z siebie świdrujący krzyk.

Drugi mężczyzna z wyrazem przerażenia patrzył, jak jego kolega pada na ziemię.

– Ty draniu! – wrzasnął, po czym odwrócił się w stronę Abigail, jak nic chcąc spełnić swoją groźbę.

Nim jednak odzyskał panowanie nad sobą, Abby zacisnęła dłonie na lufie i obróciła ją do góry, następnie oplotła go nogami w pasie i przewróciła na ziemię, po czym walnęła go pięścią w szyję.

Puściła go, poderwała się z ziemi i zaczęła go kopać w brzuch. Przy każdym kopniaku wydawał głuchy odgłos, nie będąc w stanie jej powstrzymać.

Podniosła karabin i walnęła nim mężczyznę w nos. Rozległ się głośny chrupot łamanych kości.

Zbir krzyknął, a Abigail się cofnęła i spojrzała na Lex.

– Idź do Jace’a, skarbie – powiedziała z upiornym spokojem.

Gdyby nie dzierżony przez nią karabin, rzekłbym, że jej zachowanie jest niemal matczyne.

– Okej – odparła Lex, przechodząc nad leżącym na ziemi ciałem.

Podreptała w moją stronę, zostawiając krwawe odciski butów.

Abigail wycelowała w tors zbira. Otworzył usta, aby coś powiedzieć, ona jednak nie zamierzała mu na to pozwolić. Nacisnęła spust i strzeliła. Kula przeszyła klatkę piersiową, pozostawiając dziurę wielkości pięści.

Mężczyzna padł bez życia na ziemię.

– Ja pierdolę – zakląłem cicho, kiedy Lex wzięła mnie za rękę.

Abigail odwróciła się w moją stronę. Twarz miała spuchniętą i leciała z niej krew. Wyglądała, jakby nie powinna być w stanie w ogóle stać, jakby w każdej chwili mogła upaść. Gdyby nie płonące w jej oczach wściekłość i determinacja, może i kazałbym jej usiąść.

– Zajmijmy się pozostałymi – mruknęła.

Nie zamierzałem się kłócić, nie z kobietą w takim stanie.

Po powrocie na statek zobaczyłem, że Hitchens i Octavia stoją, opierając się o ścianę.

– Nic wam nie jest? – zapytałem, przeszedłszy przez śluzę.

Oboje popatrzyli na mnie szeroko otwartymi oczami. Octavia pokręciła głową, kątem oka spoglądając na drugi koniec korytarza.

W tym momencie zobaczyłem pistolet, a zaraz potem trzymającego go człowieka.

– Wykonaj wezwanie. Przekaż nasze koordynaty – rzekł Fratley, dotykając ucha. Posłał mi promienny uśmiech i wycelował w moją stronę.

– Cholera – mruknąłem.

– Ty nie kłamiesz – rzekł, kręcąc głową. – Powinieneś był mnie tam zabić. Robisz się głupi, Jace.

– Odłóż broń i po prostu stąd wyjdź, Fratley.

– I mam sobie odpuścić kasę? Nie sądzę. – Spojrzał na Lex, która stała obok mojej nogi i obejmowała mnie w pasie. – Ta mała suka idzie ze mną.

Abigail wycelowała w niego z karabinu.

– Tylko jej dotknij, a stracisz głowę. – Opuściła lufę, obierając za cel jego biodra. – I jaja.

Zaśmiał się.

– Tyle gróźb. Strasznie toksyczne środowisko tu sobie stworzyłeś, Jace. Chyba mi się to nie podoba.

– No to idź sobie – powiedziałem.

– Tak zrobię. Niedługo. Oddaj mi tylko to dziwadło, a reszcie pozwolę odejść. Nawet mniszce. Co ty na to? Ty zatrzymasz swoją zabawkę, a ja i tak zarobię. Obaj wygrywamy.

– Tyle że ja nie zamierzam oddać ci Lex – warknąłem.

– Zrobisz tak, jeśli chcesz wyjść stąd żywy.

Zobaczyłem przed sobą ten sam pistolet, którego wcześniej użył Hitchens, kilka centymetrów od ściany. Pewnie go upuścił, kiedy poszedł sprawdzić co z Octavią. Jedyne, co musiałem zrobić, to podnieść go, nim Fratley zdąży oddać strzał, ale łatwiej powiedzieć, niż zrobić.

Gdyby tylko Fratley nie celował właśnie w doktora.

Obserwowałem, jak stuka się w ucho.

– Z tej strony kapitan Oxanos. Przygotujcie kolejny oddział. Potrzebne mi posiłki.

– Co się dzieje, Fratley? Sam sobie nie poradzisz? – zapytałem drwiąco.

Zignorował mnie.

– Powtarzam. Tu kapitan Oxanos. Niech mi ktoś odpowie, do jasnej cholery!

Usłyszałem w swoim uchu kliknięcie.

– Proszę pana, udało mi się zablokować wszystkie transmisje wychodzące. Dopóki kapitan Oxanos nie opuści naszego statku, nie będzie w stanie skontaktować się ze swoim.

Nie mogłem odpowiedzieć Siggy'emu bez zwracania na siebie uwagi, dlatego zachowałem milczenie, patrząc to na Octavię i Hitchensa, to na leżący na ziemi pistolet. Gdybym okazał się szybki, może udałoby mi się go podnieść, w czasie kiedy Fratley będzie próbował się skontaktować ze swoimi ludźmi.

Octavia zdawała się myśleć o tym samym co ja. Obiema dłońmi obejmowała rękę Hitchensa. Spojrzeliśmy sobie w oczy i lekko kiwnęła głową.

Fratley warknął z frustracją, nie mogąc nawiązać kontaktu ze statkiem.

– Co za idioci. Nie wiem, co robią, ale kiedy tam wrócę, wszystkich pozabijam. – Spiorunował mnie wzrokiem. – Jace, przysięgam, że jeśli zrobisz coś głupiego, to zabiję tego tłustego śmiecia pod ścianą, słyszysz? Słyszysz, Jace? Rozumiesz, co mówię? Wykończę wszystkich twoich przyjaciół na twoich oczach, a potem zabiorę tę małą, a statek spalę. A ciebie zachowam przy życiu, żebyś mógł na to patrzeć…

Octavia pociągnęła nagle Hitchensa na ziemię, a ja zanurkowałem po pistolet. Szybko go chwyciłem i obróciłem się na kolanie w stronę Fratleya.

Nim jednak zdążyłem pociągnąć za spust, Fratley strzelił do archeologów, trafiając Octavię w środek pleców. Kobieta upadła na Hitchensa, który objął ją ciężkimi ramionami, i razem upadli na ziemię.

W tym samym czasie oddałem strzał. Kula otarła się o nadgarstek Fratleya, miażdżąc mu kość.

Za mną Abigail także wystrzeliła i trafiła go w ramię.

Rzuciłem się przed siebie z uniesionym pistoletem i walnąłem nim Fratleya w szczękę i nos.

Upadł, rzężąc i krwawiąc, a po policzkach i ustach spływały mu smarki i krew. Próbował ponownie unieść pistolet, lecz ręka odmówiła mu posłuszeństwa.

Przycisnąłem stopą nadgarstek króla pustoszycieli, następnie wycelowałem w jego czoło.

– Nie rób tego.

Abigail podbiegła do nas i kopniakiem wytrąciła mu broń z pozbawionej sił ręki. Palce Fratleya wiły się na ziemi jak robaki, próbując się zacisnąć na rękojeści, której już tam nie było.

– Drań – mruknął, a z ust pociekła mu ślina zmieszana z krwią.

– Powinieneś był wyjść stąd sam – rzuciłem.

– Octavia potrzebuje pomocy! – zawołał Hitchens. – Nie rusza się!

Abigail przerzuciła sobie karabin przez plecy i podbiegła do doktora.

– Spokojnie – rzekła, zdejmując z niego koleżankę. – Octavia?

– Musi trafić do szpitala! – zawołał Hitchens.

– Bardzo jest źle? – zapytałem.

Abigail pokręciła głową.

Wpatrywałem się w Octavię i wzbierał we mnie gniew. Najmocniej, jak potrafiłem, zacisnąłem dłoń na szyi Fratleya.

– Zobacz, co zrobiłeś, ty skurwy…

Próbował się zaśmiać, ale z jego gardła wydobyło się rzężenie.

– Zamknij się, do kurwy nędzy! – wrzasnąłem na niego. Wziąłem zamach i ponownie walnąłem go w twarz.

Nie przestawał się śmiać i kaszleć.

Próbował coś powiedzieć.

– Unia… się zbliża…! Masz…

Nim zdążył powiedzieć coś więcej, wbiłem mu lufę do ust i pociągnąłem za spust. Na podłodze pod nim rozlała się kałuża krwi zmieszanej z mózgiem.

Wstałem i zrobiłem krok w tył, po czym upuściłem pistolet.

20

Wpatrywałem się w ciało Fratleya Oxanosa, przywódcy pustoszycieli i legendarnego byłego renegata, leżące w bezruchu na podłodze mojego statku.

Co ja narobiłem?

On i tak się wykrwawiał, więc nie musiałem go zabijać. I był rozbrojony, więc nie przedstawiał sobą niebezpieczeństwa.

– Ty idioto – szepnąłem ze wzrokiem wbitym w nieruchome ciało.

– Jace, musimy coś zrobić – rzuciła błagalnie Abigail, nadal trzymając Octavię.

Odwróciłem się od leżących u mych stóp zwłok i podszedłem szybko do kobiety z kulą w kręgosłupie.

– Oddycha?

– Ledwo – odparła Abigail. – Musimy ją zabrać do szpitala.

– Proszę pana, czy mogę na chwilę prosić o uwagę? – zapytał Sigmond. – Mamy problem.

– Co znowu? – zapytałem, nie kryjąc nawet frustracji.

– Wykrywam aktywność w Slipspace. Tworzy się kolejna szczelina.

– Kolejna szczelina? Kto tym razem? Co widzisz?

– Wygląda mi to na krążownik Unii, proszę pana.

Spojrzałem na Fratleya. O to mu właśnie chodziło, kiedy wspomniał coś o Unii?

– Co my zrobimy? – zapytał Hitchens.

– Najpierw się stąd zmyjemy – oświadczyłem, patrząc na nich. – A kiedy tylko droga będzie wolna, poszukamy miejsca, w którym wyleczą Octavię. – Odwróciłem się w stronę głośnika. – Siggy, otwórz tunel!

– Już się robi, proszę pana.

Poczułem, jak statek wibruje, kiedy uruchomiony został napęd ślizgowy. Potrwa to tylko kilka sekund, a potem będziemy wolni, o ile nie pojawią się jakieś nieprzewidziane okoliczności.

– Co ze statkiem pustoszycieli? – zapytała Abigail. – Nie poleci za nami?

– Zajmę się tym. Wy opiekujcie się Octavią. Och, i niech ktoś pójdzie po Freddiego. Sprawdzi, czy nic mu nie jest.

– Ja to zrobię – powiedziała Abigail.

Ruszyłem biegiem w stronę kokpitu, jakby zależało od tego moje życie. Co pewnie było prawdą. Kiedy w końcu zająłem swoje miejsce, wycelowałem poczwórne działa w statek pustoszycieli, a konkretnie w silniki. Nie będą się spodziewać ognia z naszej strony, bo przecież Fratley nadal przebywał na pokładzie Gwiazdy, ale mój statek nie miał się co z nimi równać w walce jeden na jednego. Najbezpieczniej będzie uszkodzić im silniki, a potem zmyć się z tego układu.

Będę miał tylko jedną szansę, aby tak zrobić.

– No i proszę – mruknąłem, pociągając za bliźniacze dźwignie i uwalniając grad torped.

– Statek wroga reaguje – odezwał się Sigmond. – Próbują wystrzelić race rozpraszające.

Obserwowałem, jak od strony większego statku frunie seria niedużych kapsuł, które rozpierzchły się w dzielącej nas przestrzeni.

Trzy z czterech torped trafiły w to nowo utworzone pole, ale ostatnia kierowała się w stronę statku wroga.

Zderzyła się z nim, po czym eksplodowała, odrywając kawał kadłuba i posyłając go w przestrzeń.

Uruchomiłem skaner i sprawdziłem ich status.

– Wygląda na to, że nam się udało!

– Tunel jest otwarty, proszę pana. Lecimy?

– I to już! – warknąłem.

– Otrzymuję przekaz – powiedział Sigmond.

– Uwaga, z tej strony generał Marcus Brigham z unijnego statku Galaktyczny Świt, wzywam statek identyfikujący się jako Zbuntowana Gwiazda. Proszę o odpowiedź. Naruszyliście wiele unijnych praw, łącznie z posiadaniem i kradzieżą ściśle tajnej własności Unii. Proszę się zatrzymać i przygotować na postawienie w stan oskarżenia. Drugiego ostrzeżenia nie otrzymacie.

– Siggy, odłącz ten kanał i zabierz nas stąd!

– Wchodzimy w tunel – odparł Sigmond.

Nie miałem pojęcia, kim jest Marcus Brigham, ale był nieźle wkurwiony. Nie zamierzałem na niego grzecznie czekać.

Wlecieliśmy do tunelu w chwili, kiedy krążownik opuszczał swój tunel. Patrzyłem, jak otwór zamyka się za nami. Znowu byliśmy uciekinierami, na dobre i na złe.

– Jakie ma pan inne rozkazy? – zapytała AI.

– Przetransportuj nas przez kilka kolejnych tuneli, a potem znajdź nam planetę ze szpitalem – poleciłem. – I dopilnuj, aby było to tak daleko od przestrzeni Unii, jak się tylko da.

Razem z Abigail przenieśliśmy do promu ciała pustoszycieli. Większość nie żyła, ale paru jeszcze oddychało, aczkolwiek pozostawali nieprzytomni. Tak naprawdę miałem gdzieś, co się z nimi stanie. Zasłużyli na swój los.

Na końcu zajęliśmy się Fratleyem. Posadziłem go na jednym z foteli, przypatrując mu się dłużej, niż zdawałem sobie z tego sprawę.

Twarz miał teraz inną, bo zniknęła z niej cała wściekłość. Wydawał się taki spokojny, zupełnie jak nie on. Zastanawiałem się przez chwilę, czy wszyscy tak wyglądamy po śmierci. Uchodzi z nas cała wcześniejsza nienawiść. Znika cały gniew. Czy Fratley odnajdzie teraz spokój? Czy jeśli bogowie rzeczywiście istnieli, to dobrze go potraktują?

Z jednej strony miałem nadzieję, że nie. Pragnąłem, aby cierpiał za swoje zbrodnie, za to, że skrzywdził Octavię i Abigail, za próbę zabrania Lex. Pragnąłem mu oświadczyć, że śmierć to dla niego za mało… że zasługiwał na więcej.

Z drugiej – nie mogłem. Jego już nie było. Był wolny, w końcu pozbawiony swoich ambicji. Był teraz taki jak każdy inny.

– Jace, jesteś gotowy? – zapytała Abigail. Stała daleko za mną w wejściu na prom.

– Już wychodzę – odparłem, nie przestając się wpatrywać w martwego Fratleya.

Opuściła prom i przeszła przez śluzę, zostawiając mnie samego. Jeszcze przez chwilę nie odrywałem wzroku od byłego renegata, aż w końcu się odwróciłem.

– No to na razie – mruknąłem.

Czekałem w saloniku na Freddiego i jakieś wieści. Nie licząc Octavii, tylko on z naszego grona przeszedł szkolenie medyczne. Choć sam był ranny, starał się, jak tylko potrafił.

– Co z nią? – zapytałem, gdy wszedł do saloniku.

– Nie jest dobrze – odparł, zdejmując rękawiczki. – Nie mam jednak pewności. Żaden ze mnie lekarz. Musimy ją zawieźć do porządnego szpitala.

Na te słowa rozbolał mnie żołądek. Gdybym tylko zastrzelił Fratleya, kiedy miałem taką okazję, gdy leżał nieprzytomny na ziemi, nie doszłoby do tego.

– Siggy wiezie nas już na planetę zwaną Belium. Ma jeden z najlepszych szpitali w sześciu układach. Będziemy tam za kilka krótkich godzin.

– Z tego, co się orientuję, to raczej nie grozi jej w tej chwili poważne niebezpieczeństwo – zapewnił mnie.

Powoli pokiwałem głową.

– Dzięki, Freddie.

– Dobra wiadomość jest taka, że Octavia żyje – dodał. – Ja w nią wierzę.

– Wierzysz – powiedziałem cicho. – Tak.

Freddie stał przez chwilę w bezruchu, po czym po cichu wycofał się na korytarz, zostawiając mnie samego.

Siedziałem na małej kanapie i wpatrywałem się w zniszczony ekspres do kawy i poprzewracane stoliki. Podniosłem najbliższy i go postawiłem, następnie wytarłem rękawem blat.

Telewizor był włączony, ale dźwięk miał ściszony, więc dotknąłem czujników, aby go podgłośnić. To była stacja Unijne

Wiadomości i nielubiany przeze mnie dziennikarz mówił właśnie o niedawnej ceremonii wręczania jakichś nagród.

– Nigdy go nie lubiłam – odezwała się Abigail, stając w drzwiach. Na twarzy miała kilka opatrunków, pod którymi ukrywały się rany i sińce. Ucieszył mnie dźwięk jej głosu.

– A kto go lubi? – zapytałem.

Usiadła obok mnie, skrzyżowała nogi i położyła rękę na oparciu kanapy.

– Widziałeś nową listę nakazów?

– Niech zgadnę.

Kiwnęła głową.

– Wszyscy tam jesteśmy.

– Doskonale.

Z prawej kieszeni wyjęła mały tablet i mi go podała.

– Ty, ja, Freddie, Octavia, Hitchens. Wszyscy jesteśmy poszukiwani listem gończym. Dwieście tysięcy kredytów za każde z nas.

Przeczytałem dokument.

– Milion za nas wszystkich. Dużo kasy. Będzie nas ścigać każdy renegat w galaktyce.

– Zamierzasz wydać wszystkich? – zapytała.

– Zastanawiam się nad tym – odparłem z cierpkim uśmiechem.

Abigail uśmiechnęła się, ale zaraz spoważniała i przez chwilę wpatrywała się w ekran telewizora.

– Nie możemy teraz wrócić.

– Żadne z nas i tak nie ma w tej chwili dokąd wrócić – stwierdziłem.

Kiwnęła głową.

– Nie po tym, co się stało w Arkadii.

– Przykro mi z tego powodu – mruknąłem. – Jedynym powodem, dla którego Fratley to zrobił, byłem ja. Gdybym…

Poczułem, jak dotyka mojej dłoni, i podniosłem na nią wzrok.

– Uratowałeś nas wszystkich, Jace. Zapomnij o reszcie. Gdyby nie ty, wszyscy bylibyśmy martwi.

Nic nie powiedziałem.

– Wiesz – kontynuowała – może uda nam się znaleźć jakąś przyjemną plażę, z dala od tego całego zgiełku.

– Plażę? – Próbowałem wyobrazić sobie siebie z piaskiem między palcami u stóp.

– Nigdy nie wiadomo.

Uśmiechnęła się i po raz pierwszy, odkąd się poznaliśmy, dostrzegłem w niej ciepło. Także się uśmiechnąłem.

– Mogłabyś otworzyć bar – zasugerowałem.

Zmarszczyła nos.

– Nie jestem dobra w robieniu drinków.

– Och, no tak. Jesteś mniszką. Prawie zapomniałem.

– Chyba oboje wiemy, że nigdy tak naprawdę nią nie byłam, Jace.

Kiwnąłem głową.

– Zawsze to wiedziałem. Wiedziałem i już.

– Co porabiacie? – zapytał Hitchens, wyszedłszy z pokoju Octavii.

Słysząc głos doktora, Abby szybko puściła moją dłoń.

– Rozmawiamy o tym, jaki alkohol sprzedawać w naszym nowym barze – wyjaśniłem.

– Omawiamy dostępne możliwości – poprawiła Abigail. – Unia wystawiła nakazy aresztowania nas wszystkich, co oznacza, że nie możemy wrócić.

– A czemu mielibyście chcieć zająć się czymś takim? – zdziwił się archeolog.

– Ma pan lepszy pomysł, profesorze? – zapytałem.

– Skoro nie można wrócić, to czemu nie pójść do przodu? Mamy przecież mapę z drogą wiodącą do Ziemi. Moje zdanie jest takie, że nie istnieje powód, dla którego nie moglibyśmy jej wykorzystać.

Abigail spojrzała na mnie.

– Taki właśnie był początkowy plan.

– Tyle że nie brał pod uwagę mnie – dodałem.

– To było wtedy.

– Moglibyśmy skorzystać z pańskich kompetencji, kapitanie – wtrącił Hitchens.

– Ta mapa oznacza opuszczenie Martwoziem – stwierdziłem. – Moje tak zwane kompetencje nie wykraczają poza ten teren. Nigdy nie miałem okazji latać dalej. Nie wiem, czego się tam spodziewać.

– Niewielu wie – stwierdził Hitchens.

Pokręciłem głową.

– A co z Octavią?

– Współpracujemy ze sobą od siedmiu lat. Wiem, że niczego bardziej nie pragnie niż doprowadzenia tej misji do końca. Od czasu, kiedy ją poznałem, jest to i moim, i jej marzeniem.

Musiałem przyznać, że pomysł zobaczenia czegoś nieznanego jest kuszący. Istniało mnóstwo kolonii poza obszarem Martwoziem. Mnóstwo światów zamieszkałych przez ludzi. Kilka innych imperiów, takich jak Sarkonianie. Zawsze chciałem zobaczyć ich światy. To mogła być moja szansa.

Jednocześnie wiedziałem, że nie mogłem wrócić do domu,

nie po tym wszystkim, co zrobiłem. Stacja Taurus nie przyjęłaby mnie teraz… no i nie było już Olliego.

Pominąwszy tych ludzi, kogo tak naprawdę miałem? Dokąd indziej mogłem się udać?

– Co ty na to, Jace? – zapytała Abigail.

Spojrzałem na oboje. Na Hitchensa z tym jego brzuchem i jowialnymi wąsami, który mimo stanu Octavii nie przestawał się do mnie uśmiechać. Na Abigail i jej determinację, aby wypełnić swoją misję.

I na Lex, która stała w kącie saloniku i przyglądała mi się z tą swoją dziwną, intensywną ciekawością. Udawałem, że jej tam nie widzę, ale wiedziałem, że czeka, aby usłyszeć moją odpowiedź.

– Okej – powiedziałem w końcu i wróciłem spojrzeniem do Abigail. – Zabiorę was tam, gdzie chcecie. Pomogę znaleźć drogę na Ziemię, gdziekolwiek by się ona znajdowała.

Uśmiechnęła się. Wszyscy się uśmiechnęliśmy.

– Wspaniale! – Archeolog podszedł do mnie i wyciągnął rękę. Uścisnąłem ją. Następnie pociągnął mnie z kanapy i wziął w ramiona. – To prawdziwy dar, kapitanie. Dziękujemy panu.

– Spokojnie – odparłem i go odepchnąłem. – Przestrzeń osobista.

– To powinna być interesująca wyprawa – oświadczyła Abigail.

– Tak myślisz? – zapytałem.

– Jeśli może o tym świadczyć kilka ostatnich dni.

– Wobec tego ustalmy trasę – powiedziałem i pstryknąłem knykciami. – Najpierw Belium, a potem lecimy na Ziemię.

– Na Ziemię – zgodził się Hitchens.

– Gdziekolwiek się znajduje – uzupełniła Abigail.

Położyłem dłonie na ich ramionach.

– I miejmy nadzieję, że rzeczywiście istnieje.

EPILOG

Siedziałem w kokpicie i wpatrywałem się w małe pudełko, które dostałem od Hitchensa. Była to jakaś pradawna technologia, coś w rodzaju urządzenia do przechowywania holograficznych obrazów.

Maleńki porcelanowy palec wysunął się i dotknął górnej części kostki, co sprawiło, że przede mną pojawiły się światełka, wskazując kolejne koordynaty.

Odwróciłem się w stronę Lex, siedzącej obok mnie i uśmiechającej się szeroko małej dziewczynki. Trzymała w ręce zabawkową rakietę, tę, którą już kiedyś widziałem, jak się bawi.

– Właśnie tak? – zapytała.

– Właśnie tak – potwierdziłem.

Klepnęła się w kolana.

– Dokąd teraz lecimy?

– Wygląda na to... – Urwałem i wbiłem spojrzenie w wyświetlacz. – Gdzieś do sektora 2210. Siggy, masz to?

– Sporządzam już stosowną mapę, proszę pana – odparła AI.

– Widzisz? Udało ci się, mała – rzekłem do Lex.

– Od teraz będę mogła tu z panem siedzieć? – zapytała.

– Zazwyczaj nikomu na to nie zezwalam.

Zaczęła ściągać brwi.

Uniosłem palec.

– Dla ciebie, mała, zrobimy wyjątek.

– Serio? – zapytała i otworzyła szeroko oczy.

– Jesteśmy wspólnikami, no nie? – zapytałem.

– Wspólnikami – powtórzyła z powagą i pokiwała głową.

– Napęd ślizgu jest już gotowy. Czekam na pańskie rozkazy – odezwał się Siggy.

Spojrzałem na Lex.

– Chcesz wydać rozkaz?

Wyszczerzyła się.

– Naprawdę? Ale ja nie jestem kapitanem.

– To będzie wyjątek – stwierdziłem. – Myślisz, że sobie poradzisz?

Pokiwała głową, nadal się uśmiechając.

– Okej. Okej, zrobię to!

– No to słuchamy, mała.

Mała albinoska zacisnęła dłonie na brzegach swojego krzesła i najbardziej władczym tonem, jaki u niej słyszałem, oświadczyła:

– Dawaj, Siggy!

Jace, Abigail i Lex powrócą w drugiej części zatytułowanej *Renegat. Atlas* .

OD AUTORA

Hejka! Mam nadzieję, że dobrze się bawiliście, czytając pierwszy tom serii *Renegat*. To zupełnie inny rodzaj literatury niż moje dotychczasowe historie, ale na coś takiego od jakiegoś czasu miałem wielką ochotę. Wychowałem się na kosmicznych westernach (*Cowboy Bebop*, *Trigun*), więc od zawsze darzyłem ten gatunek ogromnym sentymentem.

W sci-fi świetne jest to, że można eksplorować nowe pomysły i unikalne lokalizacje, natomiast bohaterowie pozostają wiarygodni. Sporo tego będę robić w tej serii, gdyż nasi bohaterowie przemierzają nieznane obszary galaktyki w poszukiwaniu Ziemi i jej wielu tajemnic. Oczywiście dowiemy się także więcej o Lex i jej tajemniczym pochodzeniu, ale hej, wszystko w swoim czasie.

Pisanie każdego tomu mojej poprzedniej serii, *The Variant Saga*, zajmowało wiele miesięcy (drugi tworzyłem niemal 10 miesięcy!). Jak na mój gust szło mi trochę za wolno, dlatego tym razem moim celem jest nowa książka co 4–6 tygodni. To będzie takie moje osobiste wyzwanie, ale jestem przekonany, że z Waszą pomocą dam radę. Świetnie się bawię, pisząc tę historię, i liczę, że tak pozostanie.

Jeśli chcecie wiedzieć, kiedy się ukaże kolejna część, zapiszcie się na newsletter. W ramach bonusu otrzymacie darmową książkę, a pisać do Was będę tylko wtedy, kiedy wydam kolejny tom.

Do następnego razu. Wędrujcie dalej, Renegaci.

J.N. Chaney

1. Dołącz do grupy na Facebooku „JN Chaney Renegade Readers" i się przywitaj. To świetne miejsce dla czytelników sci-fi, którzy lubią się pośmiać.
2. Obserwuj mnie bezpośrednio na Amazonie. Aby to zrobić, wejdź na mój profil autora i kliknij w przycisk pod moim zdjęciem. To sprawi, że Amazon będzie Cię powiadamiał e-mailowo o ukazaniu się nowej książki.
3. Możesz się zapisać na moją listę mailingową, klikając **tutaj**. Dzięki temu będę z Tobą w bezpośrednim kontakcie i otrzymasz dostęp do darmowych opowiadań.

Robiąc jedną z tych trzech albo wszystkie trzy rzeczy, będziesz mieć pewność, że dowiesz się o publikacji każdej nowej książki.

Seria Renegat

Podobno Ziemia jest tylko mitem. Czymś, o czym się opowiada dzieciom przed snem, zaginioną kolebką ludzkości. Wszyscy zaś wiedzą, że Ziemia nie istnieje. Bo nie może.

Kiedy jednak kapitan Jace Hughes poznaje mniszkę z tajemniczym ładunkiem i śmiałą tajemnicą, wkrótce się przekonuje, że wszystko, co sądził, iż wie na temat Ziemi, jest nieprawdą. Nieprawdą do kwadratu.

Wskakuj na pokład Zbuntowanej Gwiazdy, zbierz załogę i podążaj za wskazówkami, odkrywaj prawdę i – co najważniejsze – postaraj się pozostać wśród żywych.

Podium

DISCOVER MORE

STORIES UNBOUND

PodiumEntertainment.com

www.ingramcontent.com/pod-product-compliance
Lightning Source LLC
Chambersburg PA
CBHW031301120726

47906CB00003B/836